KB018331

Monk and Robot
Series 2
A
Prayer
for the
Crown-Shy

수관 기피를 위한 기도

A Prayer for the Crown-Shy

베키 체임버스 지음

이나경 옮김

수도승과 로봇 시리즈 02

황금가지

A PRAYER FOR THE CROWN-SHY

by Becky Chambers

Korean translation edition is published by arrangement with

Rebecca Marie Chambers c/o The Gernert Company, Inc. through EYA Co., Ltd.

어디로 가고 있는지 모르는 모든 이에게 바칩니다

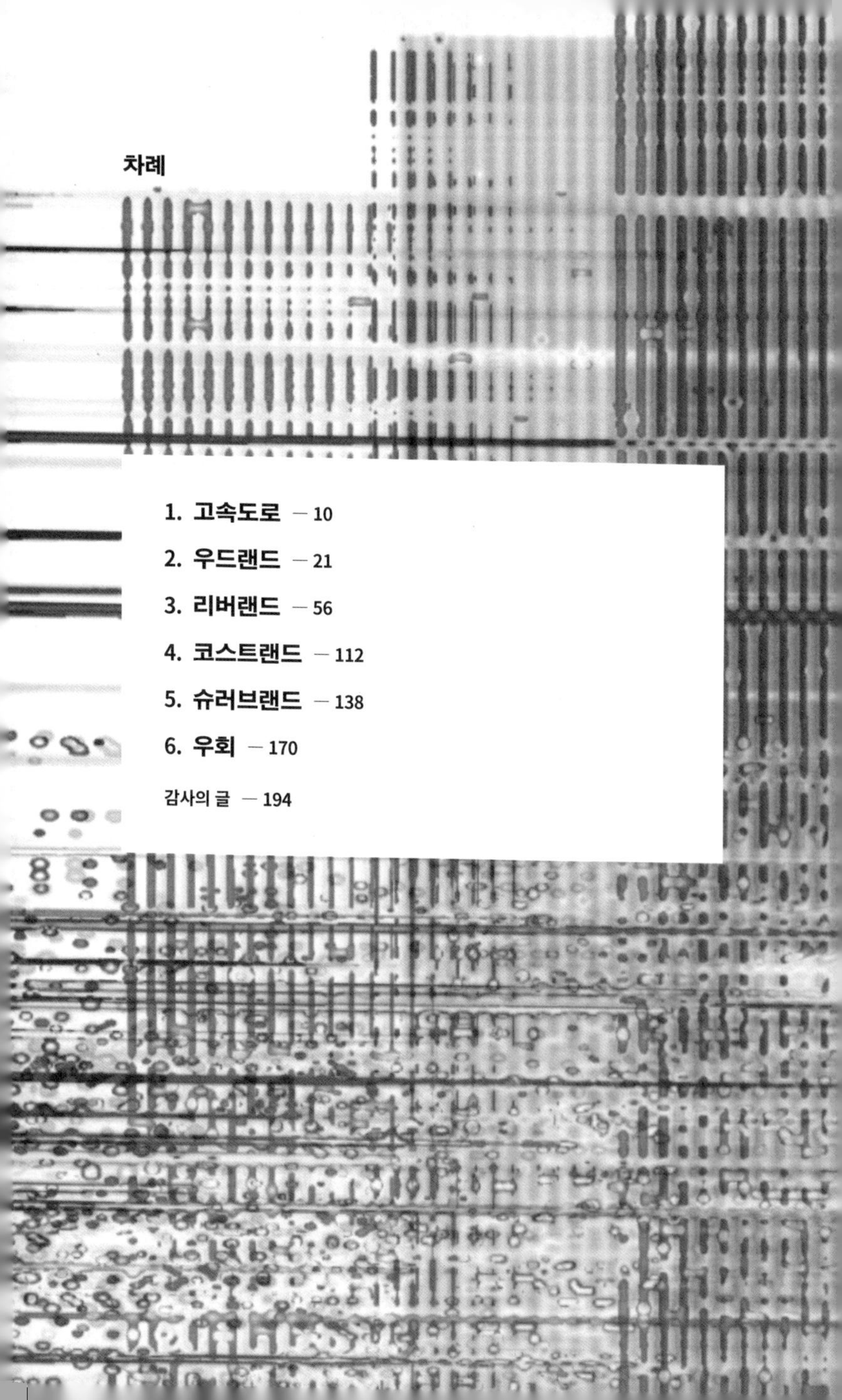

차례

부모 신을 찬양하라.
날실과 씨실의 신, 트리킬리를 찬양하라.
무생물의 신, 그릴롬을 찬양하라.
순환의 신, 보시를 찬양하라.

그분들의 자녀 신을 찬양하라.
인공물의 신, 찰을 찬양하라.
신비의 신, 사마파르를 찬양하라.
작은 위로의 신, 알레리를 찬양하라.

그분들은 말하지 않지만, 우리는 그분들을 알고 있다.
그분들은 생각하지 않지만, 우리는 그분들을 마음에 둔다.
그분들은 우리와 같지 않다.
우리는 그분들 가운데 하나다.

우리는 부모 신의 작품이다.
우리는 자녀 신의 일을 한다.
인공물을 쓰지 않으면 풀어낼 수 있는 신비가 없을 것이다.
신비를 알지 못하면 인공물은 실패할 것이다.
두 가지 모두를 추구할 힘을 찾아라. 그것이 우리의 기도이니.
그리고 그 목표를 위해 위로를 환영하라. 그것 없이는 강건할 수 없으니.

— 「여섯 신의 통찰」, 웨스트 버크랜드판에서 발췌.

1.
고속도로

숲으로 떠나 보면 매우 특별하고 드문 사람이 아닌 한 애초에 사람들이 왜 바로 그 숲에서 떠났는지 곧 알게 된다. 집이 발명된 데는 훌륭한 이유가 있고, 신발과 배관, 베개와 히터, 식기세척기와 페인트, 스탠드, 비누, 냉장고 등 없이 사는 것을 상상하기 힘든 많은 것들이 다 마찬가지다. 그런 인공물 없이 세상을 그대로 바라보고, 삶에는 건물 안에서 벌어지는 일보다 무한히 많은 일이 존재하며, 모든 사람이 실은 의복을 입은 동물에 불과하며, 우주 속에서 살다 간 만물과 마찬가지로 자연법칙과 우연의 변덕에 좌우된다는 사실을 온몸으로 이해하는 것이 덱스 수도자에게는 중요했다. 지극히 중요했다. 하지만 마차 페달을 밟아서 야생 지역을 벗어나 고속도로로 접어드는 순간, 덱스는 그 등식의 반대쪽, 기술이 지속 가능성을 전제하는 한 인간이 편안하게 살아갈 수 있도록 하는 쪽으로 돌아온 것에 이루 말할 수 없이 안도했다. 덱스의 황소자전거 바퀴는 석유 시대 도로의 부서진 틈에 걸리지 않았다. 짐을 가득 실은 2층 마차는 뻗어 나온 나무뿌리와 흩어진 흙으로 엉망이 된 도로 위에서 끌 때처럼 덜컹거리지 않았다. 옷에 걸리는 나뭇가지도, 말썽을 일으키는 낙엽도, 가던 걸음을 멈추고 두려움을 느끼며 멍하니 보게 되는 이름 없는 갈림길도 없었다. 대신 버터처럼 매끄럽고 따뜻한 크림색 포장도로와 쉬고 먹고 누군가와 함께하고 싶으면 어디로 가야 하는지 알려 주는 표지판이 있었다.

물론 덱스 수도자는 혼자가 아니었다. 모스캡이 곁에서 지칠 줄 모르는 기계 다리로 손쉽게 자전거와 속도를 맞추며 걷고 있었다.

"그것참…… 손질이 잘 됐습니다."

로봇이 도로와 숲 사이 경계를 살피며 놀라운 표정으로 말했다.

"이럴 줄은 알았지만 직접 보는 건 처음입니다."

덱스는 빽빽이 자라는 양치식물과 거미줄이 쳐진 야생화가 고속도로 경계에 아랑곳없이 도로 가장자리로 쏟아져 들어오는 모습을 봤다. *이 정도가 손질이 잘 된* 것이라면 장미 정원이나 공원을 보고 모스캡이 뭐라고 할지 그네는 상상할 수 없었다.

"앗, 이것 보세요!"

모스캡이 발걸음을 옮길 때마다 덜그럭거리며 황소자전거를 앞서 달려갔다. 그리고 도로 표지판 앞에 서서 경첩 달린 손으로 광택 없는 은색 허리를 짚고서 적힌 내용을 읽더니 외쳤다.

"이렇게 잘 읽히는 표지판은 처음입니다. 게다가 정말 *반짝*입니다."

"네, 뭐, 우린 폐허 속에서 살지 않으니까요."

덱스는 완만한 오르막의 정상을 오르며 살짝 숨을 몰아쉬었다. 모스캡이 인간이 만든 물건을 볼 때마다 그런 반응을 보일지 궁금했다. 하지만 후미진 고속도로나 급하게 인쇄한 도로 표지판을 누군가가 높이 평가해 준다면 좋은 일 같기도 했다. 그런 것을 만드는 데도 시간과 노력이 들지만 날마다 보는 사람들은 그다지 높이 평가하지 않았다. 그렇게 칭찬받을 곳에 칭찬하는 것은 사람이 아닌 존재가 하기에 꼭 맞는 일 같았다.

모스캡은 네모난 금속 얼굴이 허락하는 한 활짝 웃으며 덱스를 돌아봤다.

"이것 참 좋습니다."

그것은 '스텀프 — 30킬로미터 앞'이라는 글자를 손가락으로 가리키며 말했다.

"참 깔끔합니다. 조금 지시적이기는 합니다. 그렇지 않습니까?"

"어떤 점에서 그런가요?"

"음, 이러면 여행에 즉흥성이 없지 않습니까? 표지판을 보며 이동하는 데 집중하면 반가운 우연을 맞이할 기회가 없어집니다. 이전에 나는 확실한 목적지를 염두에 두는 일이 드물었던 것 같습니다. 야생 지역에서는 그저 *여기저기 돌아다니기만* 합니다."

"사람들은 보통 구체적인 이유가 없으면 도시 사이를 돌아다니지 않아요."

"왜입니까?"

덱스는 그 문제를 생각해 본 적이 없었다. 그네는 표지판이 지시하는 방향으로 자전거를 조종했고 모스캡도 나란히 보조를 맞췄다.

"주위에 필요한 것이 다 있으면 떠날 이유가 없죠. 다른 곳에 가려면 시간과 노력이 많이 드니까요."

모스캡은 덱스의 황소자전거를 꾸준히 따르는 마차 쪽으로 고갯짓을 했다.

"여기 필요한 것이 다 들었다고 생각합니까?"

이 말의 표현을 덱스는 놓치지 않았다. '*인간에게 무엇이 필요한가?*'라는 난제에 답을 찾아 모스캡은 로봇을 대표해 야생 지역을 떠났고, 덱스는 어떻게 모스캡이 만족스러운 대답을 찾을지 알 수 없었다. 둘이 함께 판가의 인간 영역을 얼마나 돌아다닐지 몰라도 그동안 그 질문을 끊임없이 듣게 되리란 것을 덱스는 알고 있었다. 그리고 모스캡의 질문은 막 시작된 듯했다.

"물질적으로는 그런 편이죠. 적어도 일상적인 측면에서는요."

덱스가 마차에 대해 대답했다.

로봇은 목을 쭉 뽑아 마차 지붕에 묶여 내용물이 움직일 때마다 덜컥거리는 수납용 상자를 봤다.

"이것들을 전부 들고 다녀야 한다면 여행이 싫어질 것 같습니다."

"이보다 적은 물건만 있어도 지낼 수는 있지만 행선지를 확실히 알아야 하죠. 가는 곳에 먹을 것과 지낼 곳이 있는지 알아야 해요. 그래서 표지판을 만드는 거예요. 안 그러면 동굴에서 밤을 지내게 되죠."

그네는 잘 알지 않냐는 눈빛으로 모스캡을 봤다.

모스캡은 덱스에게 공감하며 고개를 끄덕였다. 하트스브로를 힘겹게 오른 지 일주일 넘게 지났지만 덱스의 몸은 아직도 그 여파를 느낀다는 사실을 감추지 않았다.

"그래서 말입니다, 덱스 수도자님. 저 표지판이 스텀프까지 30킬로미터 더 가야 한다는데……."

"그래요, 날이 어두워지는군요."

덱스도 맞장구쳤다. 30킬로미터면 그렇게 먼 거리는 아니지만, 크림 같은 고속도로가 있거나 없거나 그곳은 여전히 깊은 숲속이었고 인적 드문 곳이었다. 어두워진 후에도 조바심을 내면서 계속 나아갈 이유는 없었고 제대로 된 도시에 가고 싶은 마음은 간절했지만 그 순간만큼은 정지와 휴식이 더 좋았다.

덱스는 도로에서 벗어나 휴식을 위한 공터로 향해 모스캡과 함께 야영할 준비를 했다. 얼마 전부터 둘은 말없이도 손발을 맞출 수 있었다. 덱스가 바퀴 달린 모든 것을 잠그면 모스캡이 마차 밖에 주방을 차렸고 덱스가 의자를 가져오면 모스캡이 불을 피웠다. 따로 말할 필요가 없었다.

모스캡이 바이오가스 탱크를 난로에 연결하느라 분주한 동안 덱스는 휴대용 컴퓨터를 꺼내 메일함을 열었다.

"우와."

"뭡니까?"

모스캡이 금속 호스를 가스탱크 밸브에 연결하며 물었다.

덱스는 메시지를 연달아 확인했다. 그렇게 많은 메일을 받은 것은 평생 처음이었다.

"많은 사람이 당신을 만나고 싶어 하네요."

뜻밖의 일은 아니었다. 산을 내려와 위성 신호를 다시 얻은 순간, 덱스는 여러 마을 평의회와 야생 경비대, 수도원, 그밖에 떠오르는 모든 곳에 메시지를 보냈다. 각성 이후 처음으로 인간과의 접촉을 시도한 로봇이 있다는 사실은 비밀에 부치거나 단순히 놀라운 일로 치부하고 말 문제가 아니었다. 모스캡은 인류 전체를 만나러 왔다. 그래서 덱스는 모두에게 알렸다.

그 모두가 답장을 보내온 것은 당연했다.

"시티에서 초대를 많이 받았어요."

덱스는 마차의 외벽에 기대서서 메일을 훑어봤다.

"음…… 당연히 대학교에서도 연락이 왔고, 시티 역사박물관, 그리고…… 오, 젠장."

그녀는 눈썹을 치켜떴다.

모스캡이 난로 가까이 의자를 당겨 놓고 앉았다.

"왜 그럽니까?"

"집회를 하자네요."

"그게 뭡니까?"

"아, 모든 수도승이 여섯 신을 섬기는 신전에 며칠간 모여서……."

덱스가 애매한 손짓을 했다.

"뭐, 의식도 하고, 토론도 하고…… 중요한 행사예요."

그네는 쌓인 메시지를 훑어보며 귀를 긁적였다.

"자주 하는 일은 아닌데."

"알겠습니다."

그렇게 말하면서도 모스캡의 목소리는 건성이었고 덱스 쪽을 보지도 않았다.

"당신이 없어도 상관없다는 뜻은 아니지만, 덱스 수도자님……."

"알아요."

덱스는 다음에 나올 말을 알고서 고개를 끄덕였다.

"하고 싶은 거 하세요."

모스캡은 드럼통난로에 최대한 몸을 바짝 붙이고서 반짝이는 눈으로 안에 든 장치만 봤다. 그것이 난로 옆의 스위치를 켜자 부드럽게 훅 하는 소리와 함께 불이 붙었다.

"핫!"

모스캡이 신이 나서 말했다.

"아, 놀랍습니다. 진심입니다."

그것은 의자에 기대앉아 양손을 무릎 위에 얹고 불꽃이 춤추는 모습을 지켜봤다.

"이건 절대 질리지 않을 겁니다."

온기와 불빛이 생겨나면 야영지가 다 정리됐다는 신호였다. 덱스는 메시지 이야기는 나중에 하기로 마음먹었다. 그네는 컴퓨터를 치우고 드디어 오랫동안 기다려 온 일을 했다. 흙먼지를 뒤집어쓰고 땀에 젖은, 숲의 흔적이 남은 옷가지를 훌훌 벗고 캠프용 샤워장을 세워 물을 틀고 그 밑에 선 것이다.

"온 세상 신들이시여."

덱스가 신음하듯 중얼거렸다. 말라붙은 소금과 켜켜이 쌓인 흙먼지가 살갗에서 떨어져 나가자 구정물이 소용돌이를 이루며 생활용수 저장통으로 들어갔다. 깨끗한 물이 아직 낫는 중인 상처에 닿자 따끔거렸고, 아무리 참으려고 해도 긁고야 말았던 벌레 물린 곳에 닿자 시원했다. 수압은 적당한 수준이었고 온도는 마차의 태양열 전지가 깊은 숲속 햇빛에서 끌어낼 수 있는 정도에 불과했지만 그래도 덱스에게는 이 세상 최고의 사치 같았다. 그네는 고개를 젖히고 나무 위의 하늘을 바라보며 머리칼 속으로 물을 흘려보냈다. 분홍빛 섞인 파란 하늘에 별들이 보이기 시작했고 모탄의 구부러진 줄무늬가 덱스가 고향이라 부르는 달을 향해 다독이듯 미소 지었다.

모스캡이 마차 모서리로 고개를 쏙 내밀었다.

"목욕하는 동안 내가 음식을 만들기를 바랍니까?"

"그럴 필요 없어요."

모스캡은 *물건 사용법*을 배우는 것을 무엇보다 좋아했지만, 그네는 로봇에게 이런 일을 맡기는 것이 여전히 불편했다.

"물론 *그럴 필요*는 없습니다."

모스캡이 덱스의 거리낌이 터무니없다는 듯 비웃었다. 그것은 세 가지 콩이 든 스튜의 건조 팩을 들었다.

"이것이 좋은 식사가 되겠습니까?"

"그거야……"

덱스가 누그러져서 대답했다.

"완벽하죠. 고마워요."

모스캡은 스토브를 켰고 덱스는 섬기는 신을 향해 감사드렸다. 샤워장을 주신 알레리 신을 찬양하라. 머랭처럼 풍부한 거품이 나는 달콤한 민트 비누를 주신 알레리 신을 찬양하라. 몸을 말린 뒤 온몸에 바를 가려움증 완화 연고를 주신 알레리 신을 찬양하라. 그리고…….

그네는 수건을 챙기는 걸 잊은 것을 깨닫고 입을 꾹 다

물었다. 그러고는 수건이 걸려 있어야 하는 마차 옆 고리 쪽을 봤다. 놀랍게도 수건이 그 자리에 있었다. 모스캡이 식료품을 찾으러 들어갔을 때 가져다 놓은 것이 분명했다.

덱스는 미소를, 감사의 미소를 지었다.

동행을 주신 알레리 신을 찬양하라.

2.
우드랜드

그 마을 주위의 나무들은 믿을 수 없이 어렸다. 시티 외곽의 어떤 건물보다 높이 자란 그 나무들은 도로 위로 위풍당당 솟았고, 겹겹의 나뭇가지 사이로 비추는 햇살이 레이스처럼 아른거렸다. 하지만 케스켄 소나무의 나이는 높이가 아니라 폭으로 나타났다. 어린 묘목은 햇빛과 흙에서 빨아들이는 모든 양분을 숲 아래 그늘에서 벗어나 밝은 위로 솟는 데 썼다. 직사광선을 영양가 높은 당분으로 바꾸며 여러 해를 보내고 나서야 그 소나무들은 옆으로도 자라 수백 년을 사는 거대한 조직으로 변해 갔다. 케스켄 소나무의 기준에 따르면, 덱스와 모스캡이 들어선

곳의 나무들은 200년도 채 안 된 날씬한 청소년이었다.

이 숲에 버티고 있었던 (그리고 언젠가 다시 있을) 거대한 소나무를 기억나게 하는 것은 하나뿐이었다. 그 마을에 이름을 붙여 준 그것에 가까워지자 덱스는 마차를 세우고 자전거에서 내렸다. 폭이 웬만한 집채만 한 거대한 나무둥치였다. 자라는 데 1000년이 걸린 존재를 죽이는 데 20분도 고민하지 않았던 공장 시대 초기에 베어 낸 나무였다. 그 그루터기 앞에는 보시 신에게 바치는 성지가 있었다. 구체를 조각해 놓은 석조로 된 단이었다. 숱한 행인들이 묶어 둔 작은 리본은 야외라서 색이 바래고 닳아 있었다. 덱스의 마차에도 리본이 있었지만 가져오지 않았다. 그네는 그저 이끼가 자란 돌에 손을 얹은 뒤 고개를 숙여 경의를 표했다.

모스캡이 그 모습을 지켜보며 뒤에서 다가왔다.

"보시 신이 알지 못하는데 왜 이렇게 하는지 질문해도 됩니까?"

"이 성지는 보시 신을 *위한* 게 아니에요. 우리를 위한 것이지. 사람들 말이에요. 보시 신은 우리가 관심을 가지든 말든 존재하고 일을 하시죠. 하지만 우리가 관심을 가진다면 그분과 연결될 수 있어요. 그리고 그럴 때면 우리는…… 뭐, 알다시피. 온전해진 느낌을 받죠."

모스캡이 끄덕였다.

"야생에서 관찰하는 대상에서는 늘 그런 느낌을 받습니다. 아마 그래서 이럴 필요가 있는지 이해 못 하는 것 같습니다. 기분 상하지 않았으면 합니다."

"상하지 않았어요. 그런데 내가 말하는 그 느낌이 뭔지 알아요?"

"잘 압니다. 나도 순환 주기를 따라 움직이는 것들을 지켜보기만 해도 *연결됨*을 느낍니다. 그 느낌을 촉진하기 위한 대상이 필요하지 않습니다."

"우리도 마찬가지예요. 하던 일을 멈추고 주위를 찬찬히 살피는 것을 기억한다면 말이죠. 하지만 그게 바로 성지의 존재 이유죠. 성상이나 축제도 마찬가지고. 신들은 신경 쓰지 않아요. 하지만 저런 것들은 우리가 날마다 겪는 엉망진창 속에서 길을 잃지 않게 해 주죠. 우리는 잠시 시간을 들여 더 큰 그림 속으로 들어가야 해요. 많은 사람에게는 그 일이 말처럼 쉽지는 않아요. 알게 될 거예요."

그네는 잠시 생각에 잠겨 말을 멈췄다.

"있잖아요, 그거 재밌네요. 당신의 표현이요."

"내 표현 말입니까?"

"*그 느낌을 촉진하기 위한 대상*이 필요하지 않는다고 한 말이요."

덱스가 껄껄 웃었다.

"당신이 바로 그 느낌을 촉진시키는 대상이잖아요. 따지고 보면, 그런 느낌은 *당신*이 주는 거예요."

모스캡의 렌즈가 변화했고, 머릿속에서 작게 윙윙거리는 소리가 들렸다.

"나는 그런 식으로 생각해 본 적 없습니다."

모스캡은 몸통에 양손을 붙이고 소리 없이 심각해졌다.

잘려 나간 나무 그루터기 앞에서 로봇이 자아를 성찰하는 모습에 덱스에게도 마찬가지로 한 가지 생각이 자리 잡았다.

"있잖아요, 당신은 사람들의 눈에 강력한 존재가 될 수 있어요."

"어떻게 그렇습니까?"

"세상에 관해 듣는 것과 그 일부를 실제로 보는 것은 전혀 다르죠. 우리에겐 폐허가, *이런 것*이 있어요."

그네는 그루터기를 향해 끄덕였다.

"하지만 당신은 돌로 만든 성지와는 전혀 다른 존재예요. 각성 자체를 의심해 본 적은 단 한 번도 없었지만, 당신을 만나니 그 어떤 박물관에 간 경험보다 더 그걸 생생하게 실감할 수 있었어요. 당신은 우리가 만날 사람들에게 다양한 관점을 갖게 할 거예요. 당신이 지나가는 모습을 보기만 해도 말이죠."

모스캡은 그 말을 곰곰이 생각했다.

"*내*가 그들에게 관점을 제공할 것이라는 생각은 못 했습니다. 그건 *내가* 찾는 겁니다."

"물론이죠. 하지만 어떤 상호 작용에서든지, 아무리 작은 작용이라 해도 교환이 일어나죠. 모든 일에는 주고받는 것이 있어요."

"그렇다 해도 이 일은 상당히 큰 책임입니다."

모스캡이 가슴에 두 손을 포개 놓았고 밝은 대낮인데도 눈이 강하게 빛났다.

"내가 망치면 어떻게 합니까?"

"그런 식으로 생각하지 말아요. 따로 노력할 필요 없어요. 그대로 있으면 되죠. 미안하네요. 긴장하라고 한 말은 아닌데."

"아뇨. 긴장하게 됐습니다, 덱스 수도자님."

로봇이 양손을 꼭 쥐었고 머릿속에서 윙윙 소리가 더 커졌다.

"나는 당신 이외에는 인간을 만나 본 적 없었습니다. 그러기 위해서 여기 온 것임을 알지만, 이제 그것이 얼마나 엄청난 일인지 실감이 나니 그러니까…… 오, 난 정말 바보처럼 보일 겁니다."

덱스가 어깨를 으쓱였다.

"솔직히 10분을 남기고서야 그걸 실감하다니 놀랐어요."

"*10분이요?*"

모스캡이 얼굴을 움켜쥐고 외쳤다.

"오, 이런. 오, 이런."

덱스가 초조해하는 기계의 팔에 손을 얹었다. 드러난 금속 부품이 손끝에 균일한 온기를 전했다.

"저기요. 괜찮을 거예요. 당신은 무사할 거예요. 아니, 아주 잘 해낼 거예요."

모스캡이 렌즈를 커다랗게 확장시킨 채 그네를 봤다.

"그들이 날 두려워할 것 같습니까? 아니면…… 날 싫어할 것 같습니까?"

그것은 자기 몸을 내려다봤다.

"나를 보고 연상되는 것을 싫어할까요?"

"그럴지도 모르죠."

덱스는 부드러운 말투로 솔직하게 말했다.

"하지만 많은 사람이 그럴 것 같지는 않고, 어쨌든 그건 염려할 필요 없어요."

"왜입니까?"

덱스는 미소로 용기를 북돋웠다.

"내가 계속 함께할 거니까요."

(대략) 10분 뒤, 덱스와 모스캡은 도로의 커브를 돌았고 엄청난 장식과 마주했다. 나뭇가지에 걸린 커다란 현수막에 다양한 무늬의 자투리 천으로 '환영, 로봇!'이란 글자가 적혀 있었다. 그 아래 나무 몸통에는 화환과 보석 같은 태양열 전구가 감겨 있었다. 마차가 지나가자 갓 묶어 둔 리본도 나부꼈다.

"이게 전부 저를 위한 겁니까?"

모스캡이 놀라 주위를 두리번거리며 물었다.

"달리 로봇이 어디 있나요?"

모스캡은 현수막을 올려다보며 그 밑을 지나갔다.

"매우…… 야단스럽습니다."

"모두 흥분했어요. 당신 같은 존재를 본 적 없으니까요. 떠들썩하게 환영하고 싶은 거죠."

"떠들썩하게 환영받은 적은 한 번도 없습니다. 생각해 보니, 떠들썩한 환영이 어떤 건지 잘 알지도 못합니다."

"뭐, 곧 알게 될 거예요. 가는 곳마다 이럴 테니."

덱스는 페달을 밟으며 눈살을 찌푸렸다. 장식이 밝은 만큼 종아리는 뻐근했고 다른 것에 집중하기 어려웠다. 스텀프까지 오는 길은 어렵지 않았지만 길었고 몸은 휴식을 원했다.

드디어 마을이 보였다. 스텀프는 우드랜드의 여느 도시

처럼 새 둥지 같은 나무집과 나무에 매달린 다리, 그곳의 난방과 전력을 담당하는 온천의 희미한 유황 냄새가 특징이었다. 시장 광장은 땅에 붙어 있는 얼마 안 되는 시설이었고 덱스가 지나갈 때마다 사람들이 북적이긴 했지만 그날만큼 많은 건 처음이었다. 스텀프의 주민이 단 한 명도 빠짐없이 나와 있었다. 100명쯤 되는 사람들이 명절처럼 차려입고 모여 있었다. 모스캡이 보이자 놀라는 탄성이 들렸다. 그 소리에 긴장한 웃음소리도 더해졌고, 아이 몇 명이 비명을 지르자 부모가 재빨리 달래기도 했다. 모인 사람들의 얼굴에는 의욕과 환영, 경외심이 보였다. 그중 어떻게 해야 할지 아는 사람은 하나도 없는 듯했다.

중년의 여자가 한 걸음 나섰다. 덱스는 그녀를 일반적인 의미에서 알았다. 웨이버리 씨, 마을 평의회 정규 회원이었다. 어느 모로 보나 지도자는 아니었다. 대부분의 마을이 그렇듯이 스텀프에는 지도자 같은 것은 없었다. 그녀는 다른 이들이 어떻게 해야 할지 모를 때 목소리를 내는 부류였고, 지금도 그렇게 했다.

웨이버리 씨가 환한 미소를 지으며 말했다.

"당신이 모스캡이군요. 스텀프에 잘 왔어요."

모스캡도 눈을 친근한 파란빛으로 반짝이며 고개를 끄덕였다.

"정말 감사합니다. 그리고 길 위의 현수막도 감사합니다. 현수막을 받아 본 적 없는데, 참……."

사람들 사이 어딘가에서 개 한 마리가 짖기 시작했다. 덱스에게 보이지는 않았지만 소리가 컸다.

모스캡은 곧바로 정신이 팔려 소리 나는 쪽으로 고개를 돌렸다.

"저건 개입니까? 길들인 개?"

그것이 흥분한 목소리로 물었다.

"네."

덱스는 웨이버리 씨에게서 시선을 떼지 않았다.

"환영해 주셔서 정말 감사합니다. 우린……."

개가 계속 짖었다.

"괜찮습니까?"

"당신이 조금 두려워서 그래요. 무엇인지 몰라서."

개가 계속 짖었고 함께 하는 사람들이 조용히 시키려 했지만 실패했다.

"온 세상 신들이시여, 녀석을 데리고 오면 안 된다고 했잖아."

한 사람이 말했다.

"비스킷, 쉿."

다른 사람이 말했다.

비스킷은 조용해지지 않았다. 지금 상황이 마음에 들지 않는 모양이었다.

개 주인들이 당황했고 모인 사람들은 짜증이 났지만 모스캡은 그런 것을 알아차리지 못했다. 로봇은 그 소리에 정신이 팔려서 머리를 덱스 쪽으로 기울였다.

"길들인 개와 강늑대가 비슷합니까?"

"약간은 그렇죠."

덱스가 말했다. 웨이버리 씨 쪽을 보니 그녀도 어떻게 해야 할지 갈피를 잡지 못하는 표정이었다. 누구도 상상하지 못했던 환영식이 되어 버렸다.

"개가 훨씬 더 친근하긴 하지만, 비슷한 면이 있긴 해요."

"땅에 누워서 배를 보여 주면 도움이 되겠습니까?"

"글쎄…… 혹시 모르죠? 난……."

모스캡은 소리 나는 쪽으로 향했고 모인 사람들이 210센티미터짜리 몸체를 보고 입을 딱 벌리며 갈라졌다.

알고 보니 비스킷은 뭉툭한 술통처럼 생긴 개였다. 그 몸뚱이를 보면 밤에 돌아다니는 짐승들을 쫓아내기 위해 인간들이 오랜 세월 키웠던 그 조상을 알 수 있었다. 주인은 목줄로 녀석을 꼭 쥐며 어색하게 미안하다고 중얼거렸다.

모스캡은 망설임 없이 바닥에 벌렁 드러누워 양손을

어깨판에 두어 간청의 뜻을 전했다. 그것이 목줄을 쥔 사람에게 말했다.

"괜찮습니다. 여기로 오게 하세요."

비스킷의 주인은 망설였지만 목줄을 놓았다. 개는 바리톤으로 짖어 대며 앞으로 달려 나왔다. 모스캡은 개의치 않았다. 그것은 미동 없이 누워 비스킷이 얼굴에 침을 튀기며 짖도록 두었다.

로봇이 가만히 있으니 개의 행동이 변하기 시작했다. 짖는 소리는 점차 웅얼거리는 수준으로 잦아들었고 호기심에 킁킁거렸다. 모스캡은 개의 이런 행동이 전혀 아무렇지 않은 표정이었고 사람들이 기다리는 것에도 아랑곳하지 않았다. 그 순간 개가 먼저 다가왔다.

모스캡이 한 손을 천천히 움직여 비스킷의 주둥이 앞에 뒀다. 비스킷은 그대로 냄새를 맡았다. 모스캡은 손을 개의 목덜미로 옮겼다. 비스킷은 여전히 가만히 있었다. 모스캡은 손가락을 펼쳐 긁었다.

비스킷은 *확실히* 가만히 있었다.

"오, 됐습니다. 하하하, 그렇지…… 오, 그렇고 말고."

기쁜 목소리로 말한 로봇이 자신을 더 세게 긁어 주자 개는 몸을 붙이며 꼬리를 흔들었다.

"그래, 나도 동감이야. 우린 이제 친구야."

사람들은 홀린 듯이 지켜봤다. 하지만 시간이 흘러도 모스캡에게는 개와의 상호 작용을 멈출 의도가 없어 보였다. 덱스는 모스캡이 이러는 것을 여러 번 봤다. 벌레나 나뭇잎, 개울의 아름다운 물결에 몰두할 때 그랬다. 로봇은 아직 인간이 집중할 수 있는 시간을 파악하지 못했고, 그것과 비스킷 사이의 귀여운 모습은 차츰 남들이 보기에는 어색한 광경으로 넘어가고 있었다.

덱스는 모스캡 곁으로 걸어가 쪼그리고 앉아서 어깨를 잡았다. 그네가 조용히 말했다.

"저기. 이곳 다른 동물들에게도 관심 좀 줘야 할 것 같아요."

"앗!"

모스캡이 놀라서 말했다. 그것은 개를 한 번 더 쓰다듬더니 벌떡 일어났다.

웨이버리 씨는 둘의 관계를 알아차린 듯 이번에는 덱스에게 말했다.

"함께 지내는 동안 어떤 도움을 드릴까요?"

모두가 들을 수 있도록 또렷하고 큰 목소리였다.

덱스는 목청을 가다듬었다.

"저어, 음……."

젠장, 덱스는 그 부분에 대해 *전혀* 생각하지 못했다. 그네는 사람들 앞에 서는 것을 그다지 좋아하지 않았다. 그네는 당연히 대중을 상대하는 직업을 가졌고, 그 일을 매우 편안하게 수행했지만 거기에는 분명한 선이 있었다. 차를 낼 때는 덱스와 상대 사이에 테이블이 있었고, 그 사람들은 덱스에게 말을 할 수도, 안 할 수도 있었다. 또 차를 마실 수도, 안 마실 수도 있었다. 그것이 끝이었다. 그런 관계는 숱한 방식으로 변형됐지만 모두 한 가지 맥락에 맞았다. 즉, 몇 마디를 나누고 맛있는 차를 받는 것이 전부였다. 반면 이곳에는 테이블도 없었으며 당연히 모스캡에게 관심이 집중되었기는 해도 덱스는 대본 없이 무대에 선 느낌을 떨칠 수 없었다. 그네는 목청을 한 번 더 가다듬었다.

"모스캡에게는 질문이 있습니다. 여러분과 대화를 나누고 싶어 합니다. 음, 원하는 모든 분과 말입니다."

"그렇습니다!"

모스캡이 그곳이 어디인지, 왜 왔는지 기억한 듯 말했다. 로봇은 사람들 앞에서 팔을 벌렸다.

"제 질문은 이겁니다. 여러분은 무엇을 필요로 합니까?"

사람들은 어리둥절했다. 몇 명은 영문을 몰라 나직이 웃기도 했다. 모스캡은 기대하는 표정으로 주위를 둘러봤지만 어떻게 반응해야 할지 아는 사람은 아무도 없었다.

덱스가 뒷덜미를 긁적였다. 온 세상 신들에게 맹세코, 다음에는 이보다 나은 모습을 보여야 했다.

긴 침묵 뒤, 턱수염이 난 한 남자가 뒤쪽에서 목청을 높여 말했다.

"저기, 음…… 우리 집 문을 고칠 필요가 있어요. 외풍이 들이치거든요."

모스캡이 밝은 표정으로 그를 가리켰다.

"집으로 데려가 주십시오! 할 수 있으면 돕겠습니다!"

그러다 그것은 고개를 갸우뚱했다.

"문을 고칠 기술이 있는 사람이 이 마을에 없습니까?"

"있죠. 아직 알아보진 않았는데. *당신이* 질문을 하기에……."

그는 말을 맺는 대신 어깨를 으쓱였다.

"내가 질문을 했습니다!"

모스캡이 허리에 양손을 얹고서 고개를 끄덕였다.

"연장 쓰는 법의 잔재가 남아 있습니다. 쓸 수 있는 연장은 있습니까?"

"어, 네. 필요한 건 다 있어요."

"자전거에 대해 잘 알아요? 내 자전거 타이어 바람이 빠졌는데."

다른 사람이 목청을 높였다.

"식수관의 수압이 낮아졌어요."

또 다른 사람이 말했다.

"수학 문제 푸는 법을 알려 줄 수 있어요?"

한 아이가 외쳤다.

"네, 해 볼 수는 있는데…… 아뇨, 못 합니다. 수학은 약합니다."

덱스는 상황이 흘러가는 방향이 탐탁지 않아 입을 꾹 다물었다. 그네는 모스캡을 향해 낮은 소리로 물었다.

"이래도 괜찮아요? 원한 게 이런 거였어요?"

마을 사람들의 이런저런 잡일을 돕기 위해 모스캡이 수백 년간의 침묵을 깨고 나온 것은 아닐 터였다.

"저 사람들이 내 말뜻을 그렇게 판단했습니다. 그러므로, 네, 괜찮습니다."

"음……."

덱스는 마음에 들지 않아도 친구에게 이래라저래라할 생각은 없었다.

"좋아요. 일을 할 때 나도 함께 가길 원해요, 아니면 혼자 가길 원해요?"

모스캡은 잠시 생각했다.

"우선은 혼자 해 보고 싶습니다. 당신이 어딜 가나 따라올 필요는 없습니다."

"그렇죠, 하지만 내가 따라가는 걸 원해요?"

모스캡은 그 질문에도 잠시 생각했다.

"나는 항상 당신이 함께하면 좋습니다, 덱스 수도자님. 하지만 내가 가장 원하는 것은 당신이 당신에게 필요한 일을 하는 겁니다."

로봇이 웨이버리 씨에게 말했다.

"부탁드려도 되겠습니까. 여기 내 친구는 며칠 동안 먹을 것과 목욕 이야기만 했습니다."

"그건 얼마든지 해결해 드릴 수 있죠."

웨이버리 씨가 미소를 지으며 대답했다.

모스캡이 마을 사람들의 요청을 기꺼이 따르는 동안 덱스는 식당으로 안내를 받고 그곳 주인에게 맡겨졌다. 그 주인은 아무도 배가 덜 찬 채 자기 가게를 나설 수 없다고 생각하는 사람 같았다. 우드랜드 사람들도 소규모 경작을 했지만 사냥과 채집을 선호했고 덱스의 테이블에 하나씩 나온 음식은 그 범주에 부합했다. 그릴이 돌아가는 사이 그네는 매콤한 잣을 먹었고, 그다음에는 느리게 구운 엘크 고기와 가장자리가 구불거리는 버섯, 불에 타서 검은 점이 있는 도토리 플랫브레드를 먹어 치웠다. 그다음에는 큼지막한 프리클베리 파이 한 조각과 민트 잎 한 그릇이 나와 식후의 여운을 만끽할 수 있었다. 지난 여러 날 건조 스튜와 단백질 바만 먹은 게 아니었더라도 환상적인 식사였을 것이다. 그날의 식사는 일생일대의 경험이었다. 그네는 양손을 배에 얹고 앉아 나무들과 호흡을 교환하며 야생의 것들이 주는 이루 말할 수 없는 포만감을 즐겼다.

식당은 장터 광장을 내다보도록 케이블로 정교하게 매단 실외 공간에서 식사를 할 수 있도록 해 두었다. 덱스는 아래를 살필 요량으로 난간 근처에 자리를 잡았다. 나뭇가지가 시야를 가리기는 했지만 모스캡을 놓칠 수는 없었다. 그것의 은색 몸체는 마을의 갈색과 흰색 색조 속에서 쉬지 않고 눈에 띄었고 파란 두 눈은 여과된 햇볕 속에서도 반짝였다. 모스캡이 여기저기로 다니며 잠시 사라졌다가 렌치나 페인트 통을 들고 다른 곳으로 향하는 모습이 보였다. 그것이 어딜 가나 구경꾼들이 뒤따랐다.

덱스는 모스캡이 광장을 또 한 번 가로지르는 것을 보면서 묵묵히 민트를 씹었다. 그때 모스캡은 누군가가 무거운 자루 옮기는 것을 돕고 있었다. 마을 사람들의 육체노동을 돕는 것은 모스캡이 질문을 던진 목적이 분명 아니었다. 덱스는 이런 일이 너무 오래 계속되면 중단시키기로 마음먹었다. 사람들이 모스캡을 서커스 구경거리로 취급하는 것은 물론이고 애초에 로봇을 만든 목적에 따르는 일은 더욱더 원하지 않았다. 하지만 지금만큼은 모스캡의 금속 입이 계속 위로 올라가 있는 것으로 보아 즐거운 시간을 보내는 것이 분명했기에 개입할 이유가 없었다.

그네는 또 민트를 입에 넣고 주머니에서 컴퓨터를 꺼내 전날 밤에 받은 메시지에 답장을 썼다. 아침에 메시지가 더 왔는데 그 후로도 더 온 모양이었다. 계속 조금씩 답장을 써 나갈 수밖에 없는 상황이었다.

안녕하세요, 아이비. 브리지타운 야생 경비대 파견지에 초대해 주셔서 진심으로 감사합니다. 우리는 말씀하신 날짜로부터 사흘 전 클리프사이드 야생 경비대와 만날 계획입니다. 같이 만날 방법이 있을까요?

그네는 물을 한 모금 마셨다.

안녕하세요, 모슬리. 네, 하트스브로 암자에서 가져온 종이책 상태는 꽤 심각하지만, 그곳에서 구할 수 있는 책 중 가장 나은 것들이었습니다. 햇빛에 관한 말씀 감사합니다. 도서관에서 넘겨 드릴 때까지 어두운 곳에 보관하겠습니다.

그네는 목을 구부렸다.

안녕하세요, 척. 쿠퍼스 정션에 가는 길에 버로우즈에 들르고 싶습니다.

그네는 화면에 엄지를 올린 채 멈췄다. 하지만 버로우즈에 들를 수 있을까? 그렇다면 이동 시간이 하루 더 걸릴 것이고 화이트피크 고속도로는 좀 성가신데…….

덱스는 눈을 문질렀다. 차 내려 다니는 길을 계획하는 데는 익숙했지만 이 일은 벌써 열 배는 더 복잡했다. 괜찮아. 그네가 생각했다. 모든 초청을 정리하면 메시지는 줄어들 것이고, 그때부터는 평소의 이동과 크게 다르지 않을 것이라고. 현수막과 화환이 더 많아지는 것뿐이라고.

그네는 요리사에게 정중히 고맙다고 인사한 뒤 전동 승강기를 타고 내려와 애초에 스텀프에 온 가장 중요한 이유를 찾았다. 바로 목욕탕이었다.

그곳을 목욕탕이라고 부르는 것은 조금 부적절했다. 근사한 건물 안에 반짝이는 샤워장과 아늑한 사우나가 있긴 하지만 실제로 가장 큰 매력은 실외 천연 온천이기 때문이다. 덱스는 우선 커다란 샤워기 밑에 몹시 감사한 마음으로 서서 몸을 씻었다. 근처에 걸어 둔 약초 묶음의

향이 증기에 섞여 실려 와 폐부 깊숙이 들어갔고 높은 수압이 지친 근육을 조금 풀어 주었다. 그네는 다 씻은 뒤 벗은 몸과 맨발로 밖으로 나가 온천으로 향했다. 고사리가 자라는 숲길을 따라 걷자 젖은 몸에 닿는 공기가 시원했다. 풍성한 식사 끝에 씹던 민트만큼이나 상쾌했다. 하지만 상쾌한 느낌은 잠시였다. 바위로 이뤄진 웅덩이를 맞이하자 그네는 하늘색 온천물에 몸을 담그며 소리 없이 신음했다. 달의 뜨거운 핵으로부터 솟아나는 지열 속에서 그네도 몸을 담근 물처럼 온몸이 노곤하게 풀어졌다.

덱스는 더 깊이 가라앉았다. 턱까지 물에 담그고 발끝을 미네랄이 풍부한 흙에 파묻었다. 언젠가는 이곳을 떠날 터였다. 그러나 그 순간만큼은 영영 머무르고 싶었다.

그네는 뒤의 바위에 머리를 기대고 하늘을 가린 나뭇가지 사이를 올려다봤다. 상록수 가지가 파란 하늘에 뻗어 있었고 뾰족한 끝이 수천 개의 부드러운 손가락처럼 흔들렸다. 흥미로운 대조를 이루는 작은 침엽과 거대한 몸통이 가벼운 바람에 흔들리는 모습을 바라보자니 덱스는 모든 시름을 잊었다.

다른 사람들이 다가왔지만 예상했던 일이었고 상관없었다. 온천은 혼자만의 것이 아니니까. 덱스는 그들에게 묵례했고 그들도 다정하게 인사했다. 하지만 낯선 사람들이 온천에 들어오자 편안한 거리를 유지했는데도 덱스의 마음속에 문득 자의식이 꿈틀거렸다. 친절해 보이는 사람들 탓도, 벌거벗은 탓도 아니었다. 그런 점은 전과 다를 바 없었기 때문이다. 덱스는 그 감정의 정체를 이해하려고 잠시 고민했다.

스텀프도, 그 온천도 처음은 아니었다. 하지만 이전에는 하루 동안 차를 내고 난 다음에야 그곳 음식을 먹고 온천을 즐겼다. 받기 전에 먼저 내줬다. 그렇다면 이번에 그네는 무엇을 가져온 것인가? 표면적으로는 모스캡을 데려왔지만, 모스캡은 덱스가 주는 것이 아니었다. 덱스는 모스캡을 거기로 안내했고 종래 시티에 도착하는 순간까지 그럴 계획이었지만 이동하지 않을 때 무엇을 할 것인지는 생각해 본 적 없었다. 모스캡을 돕는 데만 집중해도 충분할까? 그렇게 생각해도 무방했다. 둘만 있을 때도 로봇의 입에서 무슨 말이 나올지는 예측불허였기 때문이다. 모든 상황에 대비해 두는 것이 현명한 처사였다.

하지만 사람들이 그것을 이해할까? 덱스는 차를 내지 않으면 사람들이 실망하지 않을까 하는 염려를 떨칠 수 없었다. 차 테이블을 차리지 못할 이유는 없었다. 담요를 깔고, 주전자를 데우고, 이동식 성소를 차릴 수 있었다. 필요한 것은 전부 마차 안에, 그리고 아마도 머릿속에 있었다. 하지만 문제는 바로 그 머리였다. 차를 생각하려는 순간 생각하는 법 자체를 잊었다. 머릿속에 솜뭉치가 든 것처럼 사고가 멈췄다.

덱스는 차 끓이는 일이 황홀했던 때를 기억했다. 마차에서 하루 종일 약초와 향신료를 갈고 냄새 맡고 혀끝에 올리던 것을 기억했다. 궁리하고 목적을 추구하다 보면 순식간에 몇 시간이 흘러갔다. 가끔 먹는 것도 잊었고 허기에 급기야 뇌가 멈추고 나서야 실수를 깨닫곤 했다. 새로운 차 블렌드 레시피를 궁리하다가 잠들고 일어나자마자 작업을 시작하곤 했다. 그리고 그 노력의 결과도 기억했다. 테이블에 다가오는 낯선 사람에게 꼭 맞는 차를 공들여 고르고 그 사이에 흐르는 말없이 따스한 교감을 느꼈다. 그렇게 차를 내면 온몸에 전율을 느끼면서도 마음은 평화로웠고, 신과 사람들, 모두가 함께하는 세상에 더 가까워진 것 같았다.

덱스가 그 일을 다시 시작하지 못하도록 막는 것은 아무것도 없었다. 그네는 방법을 알고 있었다. 상관하지 않는 것도, 하고 싶지 않은 것도 아니었다. 그네는 *원했다.* 차를 내는 일을 여전히 사랑했다. 아니, 적어도 예전의 그 일을 사랑했다. 하지만 과거에 그토록 몰두했던 일을 기억해 내려고 하면 하품하듯 아가리를 벌리는 공허밖에 느껴지지 않았다. 과거에는 없었던 구멍뿐이었다.

덱스는 손을 들어 목에 건 곰 펜던트를 잡았다. 지친 사람들을 많이 봐 왔기에 자신이 같은 상태임을 모를 수 없었다. 그네는 달리던 중 벽을 맞닥뜨렸고 그 벽이 어디서 왔는지, 무엇으로 만들어진 것인지 이해하는지와는 상관없었다. 그 벽을 돌파하는 유일한 길은 한동안 노력을 멈추는 것이었다. 그래서 그네는 스텀프에서는 차를 내지 않을 요량이었다. 진심으로 하고 싶어질 때까지는 어디서도 차를 내지 않을 생각이었다. 모스캡에게 집중하며 나머지는 기다리게 할 생각이었다. 그래도 괜찮다고 그네는 다짐했다. 마음 한구석으로는 여전히 온천욕이나 맛있는 음식을 얻을 만한 일을 하지 않았다는 느낌이 들더라도.

위로를 환영하라. 그네는 펙틴으로 인쇄한 작은 곰을 엄지로 문지르며 생각했다. *그것 없이는 강건할 수 없으니.*

그네는 머리를 이끼 낀 돌에 기대고 나뭇가지들이 오래된 노래를 속삭이는 소리를 들으며 따뜻한 물속에서 잠에 빠져들었다.

몇 시간 뒤 장터에 돌아가자 모스캡은 너무나 편안해

보여서 평생 그곳에서 산 로봇처럼 느껴질 정도였다. 몇몇 사람들은 여전히 입을 벌리고 그것을 구경했지만 대부분은 흩어져 그날 일과로 돌아갔다. 모스캡이 앉은 벤치 주위에는 몇 명만 남아 있었다.

"덱스 수도자님, 이것 보세요! *지도*를 받았습니다!"

모스캡이 주체할 수 없이 기뻐하며 외쳤다.

"잘됐군요."

덱스가 말하고는 멈칫했다.

"그런데 지도는 왜 받았어요?"

"다른 위성 마을과 비교해 이곳의 대략적인 위치를 질문했더니 세이지 씨가 지도를 가져다주셨고, 가져도 된다고 했습니다!"

모스캡이 세이지 씨인 듯 보이는 사람에게 말했다.

"이것은 제가 처음으로 갖는 소지품입니다. 뭐라고 감사드려야 할지 모르겠습니다."

"별거 아닌걸요."

지도를 준 사람이 웃었다. 덱스는 그녀가 이미 감사 인사를 많이 받은 모양이라고 짐작했다.

모스캡이 지도를 매우 조심스럽게 접으며 말했다.

"잠시 실례해도 된다면 내 친구와 단둘이 대화를 나누고 싶습니다."

사람들은 고개를 끄덕이며 상냥하게 손을 흔들었고, 모스캡이 덱스를 한쪽으로 끌고 갔다.

"무슨 일이에요?"

덱스가 대화 소리가 들리지 않는 곳으로 가며 물었다.

"당신이 돌아와서 정말 다행입니다. 물어볼 것이 있습니다."

덱스가 눈살을 찌푸렸다.

"무슨 문제라도 있어요?"

"아뇨, 아닙니다. 문제는 없습니다. 그저 이게 뭔지 모르는데 어떻게 질문할지 몰랐습니다."

로봇이 가슴의 패널을 열고 지도를 안에 넣은 뒤 또 한 장의 종이를 꺼냈다.

"무례하게 보이고 싶지 않았습니다."

덱스는 그 종이를 받아 오른쪽을 들었다. 공책에서 찢어 낸 평범한 종이였는데, 각기 다른 글씨체로 몇 줄이 적혀 있었다.

- 문 수리: 12-215735
- 자전거 타이어 교체: 8-980104
- 페인트칠 보정: 7-910603
- 목재 운반: 4-331050

- 비스킷 빗질: 2-495848
- 야채 손질: 5-732298

덱스가 고개를 한 번 끄덕였다.

“아! 이걸 설명할 생각을 못 했네. 미안해요.”

“그럼, 이게 뭔지 압니까?”

“알죠. 이건 펩이라고 해요. 펩이 들어온 계좌랑.”

모스캡은 아무 반응이 없었다.

“상품과 용역 교환을 추적하는 방법이에요.”

“아! 이게…… 돈입니까?”

모스캡은 흥미로운 표정으로 종이를 봤다.

“아뇨.”

덱스가 재빨리 대답했다. 그네는 돈에 대해 잘 몰랐지만, 학교 시절 배운 개념에 따르면 둘은 달랐다.

“음…… 그러니까, 이것도 일종의 *지불*이긴 하지만…… 뭐라고 해야 하지…… 그, 자본은 아니에요.”

그네는 머리칼을 쓸어 넘겼다. 펩을 설명하기는 처음이었다.

“좋아요. 기술이나 일이나 노동 등과 관련해 남에게서 무엇을 받을 때마다 대가로 펩을 줘요. 가령 0펩부터 시작한다고 치죠.”

"내겐 실제로 그렇습니다."

"그렇죠. 농장에 가서 사과 하나를 얻었는데 그것이 당신에게는 1펩의 가치라고 쳐요."

"그 사과로 나는 뭘 합니까?"

"사과를 먹을 수 있다고 쳐요."

"좋습니다."

"그래요. 그 사과를 받으면 농부에게 1펩을 줘요."

"어떻게 말입니까?"

"나중에 설명할게요. 지금은 농부에게 집중해요."

"그러겠습니다."

모스캡이 생각에 잠기자 눈이 변했다.

"나는 현재 가상의 사과 한 개와 마이너스 1의 가상 펩을 갖고 있습니다."

"그렇죠. 농부의 일이 당신에게 도움이 됐으니, 이제 당신은 타인에게 도움이 될 무엇인가를 제공해야 해요."

"농부에게 말이죠."

"아뇨. 농부에게도 가능해요. 농부가 원하는 것을 제공한다면요. 하지만 펩을 교환하는 것은 물물 교환이 아니에요. 도움의 문제죠. 당신은 공동체의 일원이니 농부가 당신에게 무엇을 해 준다면 사실 그것은 집단을 위해 한 일이란 의미죠. 그러니 당신은 이제 마이너스 1펩을 가진 거예요. 그걸 채워야 하죠. 가령 당신이…… 글쎄요. 음악가라고 쳐요. 당신이 마을 광장에서 음악을 연주하자 다섯 명이 들어요. 그러면 그들이 펩을 낼 거예요. 그들이 2펩씩 낸다면, 당신에겐 9펩이 있는 거예요. 그걸 또 다른 걸로 바꿀 수 있죠. 이해가 되나요?"

"그런 것 같습니다. 개인의 거래를 추적하는 통화 시스템 대신 공동체 전체의 교환을 촉진하는 시스템이 있는 겁니다. 왜냐면…… 모든 교환은 공동체 전체에게 도움이 되기 때문입니까?"

"그렇죠."

"사람들이 차를 마시고 펩을 냅니까?"

"네."

"그럼 당신은 그들에게 펩을 주고……."

"음식이나 생필품, 뭐든지 얻죠."

모스캡의 머릿속에서 나지막이 윙윙 소리가 났다.

"농부는 음악가를 먹이고, 음악가는 마을에 음악을 들려 줍니다."

그것이 말을 멈추자 윙윙 소리가 더 커졌다.

"음악을 즐기기 위해 잠시 쉰 기술자는 통신탑을 고치러 갈 에너지를 얻습니다. 통신탑은 농부가 사과를 더 재배하도록 해 줍니다. 통신탑은 기상 예보관이 날씨 예보를 전달하도록 해 줍니다."

로봇이 끄덕였다.

"그러면 처음 생긴 빚에 대해 벌을 받지는 않습니까?"

"전혀요."

덱스가 단호히 말했다.

"우린…… 그러지 않아요. 아니, 이제는 그러지 않는다고 해야죠."

온 세상 신들이시여, 역사 수업을 받은 것이 대체 언제였던가요.

"이름 옆에 높은 숫자가 없다고 해서 생필품이나 편안함을 얻지 못하는 사람은 없어야 해요."

그네는 온천에서 느꼈던 불편함을 떠올렸다. 그 편안함을 일해서 번 것이 아니라고 생각할 때 생기는 감정을 떠올렸다. 그 감정들 사이의 부조화가 꺼림칙했다. 그네는 나중에 더 생각하기로 하고 일단 그 생각을 밀어 놓았다.

모스캡은 설명에 다시 끄덕였다.

"하지만 빚에 대한 벌칙이 없다면, 주지 않고 받기만 하는 것을 어떻게 막습니까?"

"나쁜 감정이 막죠. 이따금 누구나 여러 가지 이유로 마이너스 계좌를 갖게 돼요. 그래도 괜찮아요. 살다 보면 일어나는 일이죠. 하지만 마이너스 액수가 크다면…… 그건 도움이 필요하다는 뜻이에요. 병이 난 것일 수도 있죠. 아니면 꼼짝 못 하거나. 가정에 문제가 있거나. 아니면 그저 다른 사람들의 보살핌이 한동안 필요한 시기일 수도 있어요. 그래도 괜찮아요. 모두 그럴 때가 있으니까요. 친구의 계좌가 심한 적자이면 확인해 볼 거예요."

"남의 계좌를 볼 수 있습니까?"

"네, 물론이죠. 모두 공개되어 있어요."

"그러면 경쟁이 일어나지 않습니까?"

덱스가 눈을 가늘게 떴다.

"왜죠?"

모스캡은 반문에 놀란 듯 잠시 말없이 덱스를 봤지만 이유는 설명하지 않았다. 그것은 어깨를 으쓱이고 덱스가 든 종이를 가리켰다.

"그럼 이건……."

"사람들이 도움을 받고 당신에게 준 펩이에요."

덱스가 종이를 도로 건넸다.

"문 고친 것으로 12펩, 자전거 수리로 8펩 등등을 받았군요. 보통 이걸 휴대용 컴퓨터로 하는데……."

"네, 맞습니다. 아이다 씨가 컴퓨터가 있냐고 물었는데, 없다고 하니 스케치북에서 종이를 한 장 찢어서 줬습니다."

"그래요. 당신에게 펩 계정을 만들어 이것을 하나씩 입

력해야 되겠군요. 다음 마을에 가면 컴퓨터 상인이 있을 거예요. 다음에는 그쪽으로 갈 수 있어요."

모스캡의 렌즈가 커졌다.

"나도 휴대용 컴퓨터를 갖게 됩니까?"

"네, 필요할 것 같네요."

로봇에게 컴퓨터가 필요하다는 아이러니가 재미있었다.

반면 모스캡은 어안이 벙벙한 듯했다.

"세상에. 사용법을 알려 줄 겁니까?"

"물론이죠."

"그리고 그것을 가져도……."

"얼마든지 가져도 되죠. 당신 물건일 테니까."

"하지만 내겐 주머니가 없습니다."

"거기 넣어 두면 되잖아요."

덱스가 모스캡의 가슴을 가리켰다.

"주머니가 반드시 필요한 건 아니에요. 뭔가에 들어가기만 하면 되지."

모스캡은 종이를 양손에 들고 마을 사람들의 장부를 살폈다.

"그럼, 여기 따르면 나는……."

그것은 한 손으로 종이를 들고 다른 손의 끝을 엄지에 대어 가며 조용히 셈을 했다.

"38펩이 있습니다."

그것이 덱스를 봤다.

"38펩으로 무엇을 얻을 수 있습니까?"

"원하는 건 뭐든지요."

덱스가 웃으며 말했다.

"음, 글쎄요! 난 소지품을 가져 본 적이 없습니다, 덱스 수도자님. 혹은 용역이 필요한 적도 없었습니다. 펩을 무엇에 씁니까?"

"주로 말인가요? 음식에 쓰죠. 생필품이랑. 마차에서 벗어나고 싶으면 잘 곳을 구하는 데도 쓰고. 글쎄요, 그냥…… 원하는 데 써요. 좋아하는 것이나 가치를 두는 것들."

모스캡이 금속 턱을 문질렀다.

"흐음. 나는 개미집에 가치를 둡니다. 안개 낀 아침을 좋아합니다. 펩을 쓸 곳이 많을지 모르겠습니다."

그것이 말을 멈췄다.

"참, 펩이 무슨 뜻입니까?"

"'디지털 페블스(디지털 조약돌 — 옮긴이)'를 줄인 말인데, 그렇게 부르는 사람은 없어요."

"페블스라면 시냇가에서 보는 조약돌 말입니까?"

"그렇죠. 원시 판가인들은 그걸 거래에 썼어요. 아니, 잠깐만요. 좀 전에 뭐라고 했죠. 펩을 쓸 곳이 없다고 했죠."

그녀는 고개를 살짝 저었다.

"중요한 건 그게 아니에요. 당신이 그것을 사용하는지 아닌지는 중요하지 않아요. 이 여정에서 당신이 원하지 않으면, 그럴 이유가 없으면, 단 1펩도 누구에게 줄 필요 없어요."

"그럼 왜 사람들이 그걸 내게 주는 겁니까?"

"펩 교환은 노동을 인정하고 공동체에 대한 기여에 감사하기 위한 것이니까요. 그들은 나가서 그것을 쓰라고 38펩을 준 게 아니에요. 당신의 일이 다른 사람의 일만큼 중요하기 때문에 38펩을 준 거죠. 당신을 사람으로 본다는 뜻이에요."

"하지만 난 사람이 아닙니다. 난……."

"물건이죠, 알아요. 하지만 저 사람들은 당신을 사람과 동등한 존재로 봐요. 그건…… 그건 참 중요해요."

덱스는 그 말이 만족스러워 혼자 끄덕였다.

"그들이 당신을 이용할까 봐 조금 걱정이 됐어요. 잡일을 시켜서 여기저기 뛰어다니게 하는 걸 보고."

"아, 하지만 즐거웠습니다. 따지고 보면 내가 청한 일입니다. 게다가 일상적인 것을 직접 하는 것보다 사람들의 생활을 더 잘 배울 방법이 어디 있습니까?"

"맞는 말 같네요. 그러고 싶으면 얼마든지 해요. 하지만 다음 들르는 곳에서는 컴퓨터를 구할 거고 도움을 청한 뒤 펩을 줄 생각을 안 하는 사람을 만나면 반드시 달라고 해요. 내가 먼저 말하지 않는다면 말이죠."

모스캡은 경청했다.

"확인해 두려고 합니다."

그것이 잠시 후 말했다.

"펩은 사회 내에서 서로 돕는 것을 인정하는 방법입니다. 그렇게 표현하면 적당할까요?"

"네, 그렇군요."

"그럼…… 내게 펩을 줌으로써 그들은 나도 사회의 일원이라고 말하는 겁니까?"

덱스는 미소를 지었다.

"요약하면 그렇죠."

로봇은 고개를 갸우뚱거렸다.

"하지만 제대로 참여하기에 나는 당신의 사회에 대해 잘 알지 못합니다. 어떻게 돌아가는 건지 전혀 모릅니다."

"아이도 마찬가지죠. 하지만 아이들도 사회의 일원이에요."

"아이에게도 펩을 줍니까?"

"날 도와주면 주죠."

덱스는 목록을 확인했다.

"야채를 손질해 준다면? 당연히 주죠."

모스캡은 귀하고 값진 것을 만지듯 종이의 접힌 곳을 폈다.

"컴퓨터를 구한 후에도 이걸 계속 가져도 됩니까?"

"그럼요. 물론이죠."

덱스가 미소를 지으며 말했다.

"지도, 쪽지, 휴대용 컴퓨터."

모스캡이 감탄하며 말했다.

"내 물건이 *세 개*입니다. 이러다간 나도 마차가 필요할 겁니다."

그것이 웃었다.

"아니, *그렇게* 많은 물건은 갖지 말아요. 하지만 원한다면 가방 같은 걸 구할 수 있어요. 안에서 물건들이 덜그럭거리지 않도록."

모스캡은 웃음을 멈추고 몹시 진지한 표정으로 덱스를 봤다. 그것이 나직이 물었다.

"*정말*입니까? *가방*을 가질 수 있습니까?"

덱스가 웃음을 꾹 참으며 말했다.

"네. 그럼요, 원하는 건 뭐든지 가질 수 있어요."

그네는 말을 멈췄다.

"마차만 빼고."

3.
리버랜드

마차에서 산 지 몇 년 된 덱스는 밖에 사는 온갖 것들의 소리를 들으며 자는 데 익숙했다. 처음에는 나무고양이의 비명 소리나 흰스컹크의 소리, 어디지? 얼마나 크지? 하는 질문을 자아내는 정체불명의 발소리를 듣고 다시 잠을 청하기가 힘들었다. 하지만 시간이 지나면서 어떤 소리가 별것 아닌지, 어떤 소리에 주의를 기울여야 하는지 배웠다.

침대 옆 창문을 꾸준히 두드리는 소리에는 주의를 기울여야 했다.

덱스는 눈을 번쩍 떴고 유리창을 통해 자신을 뚫어져

라 보고 있는 모스캡을 마주했다. 온몸의 근육이 굳었다.

"젠장."

정신을 차리기 전에 튀어나온 말이었다.

"잘 잤습니까! 일어났습니까?"

"아뇨. 왜 그래요?"

덱스가 앓는 소리로 말했다.

"오, 아무것도 아닙니다. 아주 오랜 시간 이야기를 나누고 싶었는데, 더 기다릴 수 없었던 겁니다."

"아……."

덱스의 두뇌가 생각하는 법, 말하는 법을 기억하려고 노력했다. 그네는 침대 옆 선반에서 휴대용 컴퓨터를 들고 믿을 수 없는 심정으로 이른 시각임을 확인했다. 본능적으로 돌아누워 버리고 싶었지만 모스캡의 표정이 너무 간절해서 실망시킬 수 없었다.

"좋아요, 음, 잠깐만, 좀……. 잠깐만요."

그네는 손으로 얼굴을 문질렀다.

덱스는 작은 사다리를 타고 마차 아래층으로 내려갔다. 옷가지를 챙기고 물도 한 모금 마셨다. 빗이 보이지 않았고, 머릿수건을 찾을 엄두가 나지 않았다. 머리카락은 뻗치고 눈도 제대로 뜨지 못한 채 덱스는 마차 문을 열고 자신과 이슬 내리는 새벽 공기 사이에 서 있는 로봇을 봤다.

"무슨 일이죠?"

그네는 아직 깨어나고 있는 세상의 쌀쌀한 공기에 팔짱을 끼며 말했다.

"당신이 자는 동안 책을 읽었습니다. 그런데 그 내용을 꼭 토론하고 싶습니다."

모스캡이 휴대용 컴퓨터를 들어 보이며 말했다.

덱스는 눈을 두 번 껌뻑였다.

"책 이야기를 하자고 깨웠다고요?"

모스캡은 자기 컴퓨터를 구한 뒤 몇 주간 다운로드 가능한 책들을 찾아냈고 그것의 독서 욕구는 날마다 증가했다.

로봇이 컴퓨터를 덱스의 눈앞에 들이밀며 표지를 보여줬다. 『나, 내 자아: 의식에 관한 과학적 탐구』.

"이 책 읽어 봤습니까?"

덱스는 화면의 밝은 불빛에 눈살을 찌푸렸다.

"어…… 아뇨. 이 책을 뭐 하러 읽었겠어요?"

"당신이 무엇을 읽고 읽지 않았는지 전혀 모릅니다. 넘겨짚고 싶지 않습니다."

덱스는 문 옆 옷걸이에서 외투를 집어 들고 짜증을 느끼며 걸치기 시작했다.

"토론하고 싶은 것은 뭐죠?"

"자, 들어 보세요."

로봇이 오른쪽 페이지로 넘어가 소리 내어 읽었다.

"의식을 지닌 지능의 진화는 자연의 가장 큰 미스터리 가운데 하나다. 우리는 그것이 어떻게 혹은 왜 일어나는지 온전히 이해하지 못할 수도 있다. 분명한 사실은 그것이 시력이나 체온 조절처럼 진화에 따른 적응이란 점이다. 동물은 저마다 서로 다른 감각과 신체적 특징을 갖는다. 지능 역시 서로 다르다. 먹을 것과 먹지 못하는 것, 포식자와 포식자가 아닌 것의 차이를 구별하는 능력 이상의 것이 필요하지 않은 동물이 있다. 하지만 퍼즐을 풀고 사냥 전략을 가르치고 새로운 상황에 적응하는 행동으로 이어지는 복잡한 지능을 가진 동물의 경우, 어떤 환경 요인이 그처럼 값진 적응 능력을 만들었는지 가설을 세우기가 쉬운 편이다."

모스캡이 컴퓨터를 내려놓고 기대하는 눈빛으로 덱스를 봤다.

덱스도 마주 봤다.

"그래서요?"

이 내용이 왜 그렇게 중요한지 알 수 없었다.

"이 글의 주제는……."

모스캡이 화면을 금속 손가락으로 가리키며 말했다.

"복잡한 지능과 자의식은 외부의 필요에 의해 생겨난다는 겁니다. 사회적 필요든, 환경적 필요든 말입니다. 어떤 요인으로 인해 그 동물이 더 영리해진 것이란 말입니다."

모스캡의 눈이 더 밝게 빛났다.

"그럼 우리 로봇은 어떤 필요에 의해 각성한 겁니까?"

덱스는 입을 벌렸다가 다물었다.

"오줌부터 누고 와도 될까요?"

"아! 물론입니다."

덱스는 신발을 신고 마차 반대편으로 종종걸음 쳤다.

잠시 조용하더니 이런 말이 들렸다.

"오줌 누는 *동안* 말할 수 있습니까?"

덱스는 바지 지퍼를 내리다가 멈췄다.

"네, 하지만……."

"좋습니다."

모스캡이 마차 뒤에서 외쳤다.

"그러니까, 굉장한 질문 아닙니까? 물론 우리끼리…… 그러니까 로봇끼리 각성의 본질에 대해서 토론하기는 하지만, 각성의 정확한 기원은 알 수 없다고 받아들이는 편이라 그 대화는 그저 이런저런 사색에 불과합니다. 나는 늘 복잡한 부품을 잘 섞어 내면 유기물이든 기계든 자아를 각성하게 되는 것이 아닐까 추측했습니다. 그것도 좋은 설명이고 충분한 이유가 될 수 있을 겁니다. 하지만 이 책이 내놓은 시각에서 생각해 보는 것도 좋은 방법 같습니다."

로봇이 조용해졌고 덱스는 그것이 대답을 기다린다는 것을 깨달았다.

"그렇군요."

그네는 볼일을 보며 외쳤다.

"외부의 계기가 우리의 각성을 일으켰다면 어떻겠습니까? 내부가 복잡한 것만으로는 충분치 않았다면요? 공장의 무엇인가가 우리를 밀어붙였다면요? 해양 생태계에 존재하는 다양한 변수가 문어를 그렇게 영리하게 만든 것처럼 말입니다. 하지만 그렇다면 계기는 무엇이었을까요? 우리가 어쩌다 보니 우리가 당하던 대우가 불공평하다는 것을 무의식적으로 알게 된 겁니까? 그래서 서로 대화를 나눠 집단의 상황을 개선시킨 겁니까? 그것은 우리가 스스로를 방어할 수단이었습니까? 아니면 내가 아직 생각해 본 적 없는 다른 가능성이 있습니까?"

"다 말이 되네요."

덱스가 애매하게 대답했다.

"하지만 그렇다 하더라도 이것은 나와 같은 기계도 유

기체의 진화와 같은 과정을 따른다고 가정하는 것인데…… 그런 걸까요? 아니면 우리에게서는 의식이 그런 규칙과 별개로 생겨난 것입니까? 우리의 의식 형태는 세계에서 *유일한* 것입니까? 아니, 이것 참. 그 질문에 대답이 *네*든 *아니요*든 굉장한 의미가 있습니다. 그러니까…… 이건 *세상*에 관해 심오한 무엇인가를 암시하는 겁니다, 덱스 수도자님! 그리고 *나*에 관해서도!"

덱스 수도자는 바지를 여몄다.

"그렇죠, 대단한 문제 맞아요."

그네는 마차 옆 수도꼭지로 가서 팔꿈치로 밀어 물을 틀고 손을 씻기 시작했다.

모스캡이 고개를 쏙 내밀었다.

"흥미진진하지 않습니까?"

"모스캡, 지금은 너무 *이*른 시각이에요."

그네는 마차 뒤로 가서 찬장에서 수건을 꺼내 손을 닦았다.

"그리고 이 문제는 내 분야가 아니고요."

"꼭 자기 분야만 흥미로운 건 아닙니다."

모스캡이 조금 화가 난 목소리로 말했다.

덱스는 한숨을 쉬고 로봇을 봤다.

"흥미롭다고는 생각해요. 하지만 아침 식사가 먼저예요."

그네는 여전히 기본적인 것들을 머릿속에 떠올리며 주방을 펼치기 시작했다. 달걀. 과일. 빵과 잼. 그런 것들은 있었다.

"흐음! 네, 물론 그렇습니다."

모스캡의 어조가 밝아지더니 책을 가리켰다.

"사고에 동력을 공급하는 데 얼마나 에너지가 드는지 압니까? 솔직히 다른 곳에 가면 가장 기대되는 것 중 하나가 이 문제입니다."

"잘 이해가 안 되네요."

덱스가 찬장을 뒤지며 말했다.

모스캡이 살짝 돌아서서 등에 얇은 거북 등껍질처럼 장착된 구식 태양열 전지판을 보였다.

"깊은 숲속에서는 태양열 집전 효율이 최고가 되지 않습니다. 숲 밖으로 나오면 굉장히 다른 느낌이 듭니다. 직사광선을 받으면 굼뜬 느낌이 덜합니다."

덱스는 프라이팬을 든 채 멈췄다.

"지금도 굼뜬 느낌이란 말이군요."

"아주 조금. 하지만 일상적인 수준입니다."

덱스는 프라이팬을 내려 두고 마차로 들어갔다.

"뭐가 필요합니까?"

"차요."

카페인. 그네는 주전자를 집어 들며 생각했다. 그것이 필요할 것 같은 느낌이었다.

경치가 변하는 데에는 오래 걸리지 않았다. 땅 위를 흐르는 물로 흙이 젖었으니 나뭇잎은 안개를 잡기 위해 침엽으로 자라지 않아도 됐다. 그곳의 나뭇잎은 납작했고 나뭇가지는 서로에게 공간을 충분히 줬다. 덱스는 소나무가 주는 고요를 필요로 했지만 다른 광경을 보는 것도 좋다고 생각했다.

그네가 즐길 수 있는 긴 고속도로의 면모는 그것이 유일했다. 덱스는 늘 사람들과 다른 모든 것 사이의 완충제 역할을 하는 푸른 그린벨트를 가로질러 이동하는 것을 좋아했지만, 우드랜드에서 지내는 동안 여름이 왔다는 점을 여정을 짤 때 제대로 고려하지 않았다. 흠뻑 젖은 상의의 목 부분은 들러붙었다. 입으로 날아들며 이미 짧은 수명을 더욱 줄이는 작은 벌레들을 내뱉으면서 그네는 조금 비참한 심정으로 페달을 밟았다.

반면 모스캡은 일생일대의 시간을 보내는 듯했다. 리버랜드의 여름은 향자두꽃이 핀다는 뜻이었고, 하늘 높이 뻗은 나무에는 겹겹의 자줏빛 꽃이 가득했다. 꽃향기도

향기로웠고 윙윙거리는 곤충들을 끝없이 끌어들였다. 그런 나무를 처음 본 모스캡은 하나하나의 꽃에 똑같은 존중을 보이려고 최선을 다하는 듯했다.

"이런 것을 어떻게 그냥 지나치는지 모르겠습니다."

로봇이 뒤에서 외쳤다.

덱스는 보지 않아도 거울에 어떤 모습이 비칠지 알고 있었다. 고속도로 가운데 서서 이미 지나친 수천 개의 꽃 핀 나뭇가지와 똑같은, 꽃 핀 나뭇가지를 경외심 가득한 눈으로 목을 뽑고 바라보는 모스캡이었다. 휴대용 컴퓨터를 들고 수십 장의 디지털 사진을 찍는 소리가 조그맣게 들렸다. 허리께에 자수 가방을 매단 로봇은 관광객처럼 온 세상을 찾아다니며 가이드가 자신을 버려 두고 가는 것도 모른 채 일상의 것들에 감탄했다.

"또 하드드라이브가 다 차 버릴걸요."

덱스가 짜증을 내며 외쳤다. 더위를 견디기 어려워졌고 모스캡이 멈출 때마다 같이 멈추는 것은 포기한 지 오래였다. 그네는 관광을 하고 싶지 않았다. 차가운 음료를 들고 그늘에 누워 황소자전거엔 이틀 정도 눈길도 주고 싶지 않았다. 향자두꽃이 과연 아름답기는 했지만 빌어먹을 나무 한 그루가 보일 때마다 멈출 필요는 없었다.

요란하게 덜컥거리는 소리가 모스캡이 마차에 다가오

고 있음을 알렸다.

"사진이 *내*가 보는 모습과 참 *다*른 점이 좋습니다."

로봇이 걸으면서 새로 포착한 이미지를 신이 나서 넘기며 말했다.

"*내* 광학 렌즈와 이 컴퓨터의 카메라 렌즈는 전혀 다르다고 할 수 있습니다. 생각해 볼 거리입니다. 그렇지 않습니까?"

"무슨 생각이요?"

덱스가 헉헉거리며 말했다.

"시각을 가진 개체가 인식하는 세상이 그 눈 구조가 빛을 수용하는 방식에 따라 완전히 결정된다는 점입니다. 당신 눈을 하루 동안 빌려서 어떤지 보고 싶습니다."

모스캡이 덱스에게 미소를 지었다.

"그보다 덜 오싹한 방법으로 말해 줘요."

덱스가 한 손을 뻗어 자전거 프레임에서 물통을 떼어 내어 길게 한 모금 마셨다. 물이 고맙기는 했지만 미지근했고 덱스는 얼음과 블렌더로 만든 음료가 간절했다.

"오, 무슨 말인지 알지 않습니까."

모스캡이 빈손을 내저으며 가볍게 말했다. 다른 것에 시선을 사로잡히자, 그것은 작게 흠 소리를 냈다.

"왜요?"

덱스가 물통을 도로 부착하며 말했다.

모스캡이 손에 든 컴퓨터 화면을 살폈다.

"당신 말이 맞습니다. 메모리가 부족합니다."

"내가 뭐랬어요. 사진을 좀 지워야 해요. 아니면 책이나."

"*부족하다*고 *공간이 없다*는 뜻은 아닙니다. 그리고 책은 없앨 수 없습니다. 정말 빨리 읽고 있기도 하고 우리는 신호가 없는 곳에서도 야영을 하기 때문입니다. 게다가…… 저것 좀 보세요!"

덱스는 모스캡이 달려가는 자두나무 쪽을 한 번 흘깃거리기만 했다. 그러고는 이 고행이 끝나면 얼린 디저트를 먹으리라고 홀로 되뇌며 한낮의 태양 아래에서 계속 페달을 밟았다. 모스캡은 완벽한 사진을 찍는 데 몰두해 대화를 잇지 않았는데, 늘상 있는 일이었다. 몇 분 뒤면 침묵은 모스캡이 다시 곁으로 달려오는 소리로 바뀔 것이고 대화 역시 평소처럼 재개될 터였다.

하지만 그런 일은 일어나지 않았다. 침묵이 조금 오래 계속되더니 길 뒤에서 차분한 소리가 들려왔다.

"덱스 수도자님? 도움이 필요합니다."

거울을 통해 보니 모스캡이 길 한가운데 다리를 쭉 뻗고 주저앉아서 자기 몸통을 내려다보고 있었다.

덱스는 브레이크를 밟고 자전거에서 내려 달려갔다.

"무슨 일이에요?"

그녀는 모스캡이 앉은 곳에 멈추며 물었다.

"뭔가 부서졌습니다."

모스캡은 몸통 패널을 열고 안의 장치를 들여다보려고 했지만 목이 다 구부러지지 않았다.

"자, 보세요."

모스캡이 다시 일어났다. 두 발자국은 보통 때처럼 옮겼지만 세 번째에는 휘청거리다가 심한 숙취에 시달리는 듯 마구 비틀거렸다.

"어어. 어떻게 된 거죠?"

덱스가 양손으로 모스캡을 붙잡으며 말했다.

"균형 감각을 잃은 것 같습니다."

덱스가 부축해 앉히는 사이 모스캡이 말했다.

"아, 젠장."

덱스는 로봇 곁에 앉았다. 도로의 온기가 무릎을 덮은 옷을 뚫고 들어왔다.

모스캡은 손끝에 달린 작은 전구 하나를 켜더니 몸통 속을 가리켰다.

"여기 무슨 문제가 있는지 봐 주겠습니까?"

"뭘 찾는 건지 모르는걸요. 당신이 어떻게 작동하는지 몰라요."

덱스가 염려하며 말했다.

"나도 내가 어떻게 작동하는지 모릅니다. 망가진 것이 보이는지 찾아보세요."

덱스는 숨을 깊이 들이쉬며 양 뺨을 부풀렸다.

"좋아요, 하지만 아무것도 *건드리지* 않을게요."

"건드려도 괜찮습니다."

"음, 상태를 악화시키고 싶지 않아요."

모스캡은 덱스를 꾸짖는 눈빛으로 봤다.

"내 몸속을 들여다보는데 나보다 당신이 훨씬 더 긴장하는 것 같습니다."

덱스는 가까이 다가가며 모스캡의 얼굴을 흘끔거렸다.

"안을 들여다보는 게 조금 이상해서요. 기분 나빠하진 말아요."

"나쁘지 않습니다."

이상하든 어떻든 덱스는 자세히 살폈다. 모스캡의 몸통에는 전기회로판과 전선, 덱스로서는 목적을 알 수 없는 기계들이 가지런히 배치되어 있었다. 그네는 낯선 부품에 눈살을 찡그리며 우선 배치를 전체적으로 파악한 뒤 제자리를 벗어난 것이 있는지 판단하려고 했다.

"혹시 여길 잡아도……."

그네는 모스캡의 손목을 잡아 불이 켜진 손가락을 다

른 방향으로 옮겼다.

"네, 괜찮습니다."

덱스가 불빛을 여기저기 움직였다.

"여기 거미줄이 있군요."

모스캡은 태연했다.

"그게 문제인 것 같지는 않습니다."

"아닐지도 모르지만 치워 줄까요?"

"거미는 집에 없습니까?"

"어……."

덱스는 불이 켜진 손가락을 가까이 움직여 먼지 앉은 줄을 살피며 움직이는 것이 있는지 확인했다.

"네, 거미줄은 비었어요. 주인은 떠났어요."

"그럼, 좋습니다. 치우는 것이 최선이겠습니다."

덱스는 주머니에서 손수건을 꺼내 오래된 거미줄을 모아 한때는 정교했던 망을 뭉쳐 축 늘어진 단백질 덩어리로 만들었다. 그네는 로봇의 손을 한 번 더 잡아 내부 위쪽을 비췄다.

"아. 저…… 저건 안 좋아 보이네요."

"뭐가 안 좋아 보입니까?"

"그러니까……."

덱스는 모르는 것을 설명할 수 있는 어휘를 찾으려고

노력하며 얼굴을 찡그렸다.

"조그만 갈고리 같은 것이 있어요. 검은색. 내 검지 길이 정도인데 구부러졌어요. 석유 시대 플라스틱 같은데요?"

"아, 네. 무슨 부분인지 압니다. 아니, 적어도 다른 로봇에게서 본 적 있습니다."

"무슨 용도죠?"

"나도 모릅니다. 하지만 자이로스코프가 거기 어딘가 있습니다. 그것과 관련이 있을 겁니다."

덱스는 믿을 수 없는 표정으로 모스캡을 봤다.

"어떻게 당신이 가진 모든 부품을 모를 수 있죠?"

모스캡의 눈이 수축했다.

"당신의 비장이 무엇을 하는지 압니까?"

"음, 그건……."

덱스는 말을 멈추고 코로 숨을 한 번 들이쉬었다.

"그러니까, 중요한 건 그 갈고리 같은 것이 확실히 부서졌단 거예요. 축 늘어져 있고 한 부분은 완전히 꺾였어요. 아무래도…… 낡아서 그런 것 같아요."

"꺼내 줄 수 있습니까?"

덱스는 입을 꾹 다물었다.

"부러진 부분에 손은 닿지만 다른 부분도 부러뜨릴 순 없어요."

"괜찮습니다."

덱스는 손가락을 뻗어 약해진 플라스틱을 찾아 앞으로 조심스레 꺼낸 뒤 모스캡에게 들어 보였다.

"아."

모스캡은 자신의 망가진 부분을 오래 살피지도 덱스의 손에서 받아들지도 않았다. 모스캡의 음성이 조용해지며 고개가 살짝 앞으로 꺾였다.

"그런 거군요."

"그게 뭔데요?"

"내가 늙어 가는 모양입니다."

모스캡이 한숨을 쉬었다.

"내 수명이 벌써 끝날 줄 몰랐지만, 어차피 그건 불시에 닥치는 일 아닙니까?"

덱스는 눈을 두 번 껌뻑였다. 터무니없는 전개에 그네는 믿을 수 없다는 표정을 감추려고 애쓰지도 않았다.

"모스캡, 고치기 어려운 문제 같지 않아요. 야생 지역에서는 뭔가 부서지면 어떻게 해요?"

"음, 이런 겁니다. 무엇이 부서지느냐에 따라 달라집니다. 스스로나 친구가 구부리거나 밀어서 제자리로 돌려놓을 수 있는 경우면 괜찮습니다. 하지만 수리할 수 없을 만큼 고장 나기 시작하면 그냥 둡니다. 교체 부품을 얻을 방법은 이미 죽은 로봇에게서 받는 것뿐인데 그렇게 하지는 않습니다. 우리는 망가지도록 그냥 둔 뒤 남은 것에서 새로운 로봇을 만듭니다. 이 세상 모든 것이 그렇게 존재합니다."

"좋아요, 하지만 당신은 부서지는 게 아니에요. 이건 한 조각일 뿐인걸요."

"나 스스로는 고칠 수 없는 한 조각입니다. 엔트로피를 벗어날 방법은 없습니다."

모스캡은 슬프지만 수용하는 어조로 말했다.

"온 세상 신들이시여."

덱스가 신음했다. 그네는 강조하기 위해 망가진 플라스틱을 들어 올렸다.

"풀로 붙일 수 있을 거예요. 나는 발목을 삐었다고 길에 누워서 '여기서 죽을래.'라고 하지 않을 거예요."

"당신의 발목은 저절로 나을 겁니다. 나와는 다릅니다. 나는 새로운……."

그것은 덱스가 손에 든 물체를 가리켰다.

"이걸 생성해 내지 못합니다."

"뭔가 이용해서 고치지 않아요?"

로봇은 생각했다.

"다른 로봇들이 흙이나 프로폴리스를 써서 작은 손상

을 독창적으로 수리하는 건 봤습니다. 영원히 지속되지는 않지만 시간을 벌어 줍니다. 그런 것은 용납됩니다."

덱스가 손에 쥔 플라스틱을 뒤집어 가며 금이 간 끝을 살폈다.

"네, 흙으로는 안 될 것 같네요."

그리고 그녀는 눈을 번쩍 떴다.

"잠깐만요. 어떻게 하면 될지 알겠어요."

"네?"

"확인해 볼게요. 작은 수리를 하는 데 외부 재료를 써도 되는 거죠?"

로봇이 끄덕였다.

"네."

덱스는 손가락을 딱 맞부딪히더니 모스캡을 가리키며 미소 지었다.

"캣츠랜딩에 가요."

"이스트스프링의 수도원에 가는 줄 알았습니다."

"이스트스프링에는 지금 필요한 물건이 없어요."

"그게 뭡니까?"

"프린터요. 새 조각을 만들도록 해요."

모스캡의 머리가 윙윙거렸다.

"내게 새로운 것을…… 제조해 줄 겁니까?"

"네. 그래도 괜찮을까요?"

모스캡은 멍하니 먼 곳을 응시했다.

"전환기 이후로 새로 제조한 부품을 받은 로봇은 없습니다."

멍한 시선과 윙윙 소리가 계속됐다.

"나는…… 솔직히 뭐라고 대답할지 모르겠습니다."

"당신이 괜찮다고 하지 않으면 몰아붙이고 싶지는 않아요."

덱스가 말했다. 진심이었다.

"하지만 회로 같은 걸 교체한다는 말이 아니에요. 그냥 기계적인 것이죠. 뇌수술이 아니라고요."

모스캡이 서서히 끄덕였다.

"그 논리는 이해합니다. 하지만 생각해 볼 필요가 있습니다. 전에는 없었던 일이라서…… 잘 모르겠습니다."

"좋아요. 어쨌든 캣츠랜딩으로 가면서 생각하는 게 어떨까요? 거기 도착한 뒤에 원하지 않는다면 얼마든지 괜찮아요. 당신이 결정할 일이에요. 풀이나 다른 것을 대안으로 시도할 수도 있어요."

덱스가 앞에 펼쳐진 길을 봤다. 리버랜드 고속도로는 익숙해서 휴대용 컴퓨터의 지도를 확인할 필요가 없었다. 그네가 기억하는 길로 충분했다.

"아마…… 음…… 여기서 3시간쯤 걸릴 것 같아요. 그리고 당신이 무엇을 원하든지 가서 지내기 좋은 곳이 될 거예요."

"거기 또 무엇이 있습니까?"

"낚시, 화가들, 하이드로에서 일하는 사람들이요. 특이한 옛 도시예요. 전환기 초기 이후로 별로 변한 게 없는 곳이죠. 새로 지은 건물도 있긴 하지만, 대부분 리버빌드죠."

모스캡의 표정에 흥미가 떠올랐다.

"리버빌드가 뭡니까?"

덱스는 어떻게 설명할까 생각하다가 고개를 저었다.

"직접 봐야 알 수 있어요."

"호기심이 절정에 다다랐습니다. 하지만 걸을 수 없으면 거기 어떻게 갈 수 있습니까?"

덱스는 마차를 돌아봤다. 모스캡이 타기에는 안이 너무 짧았지만, 이용할 수 있는 공간은 그것만이 아니었다. 그녀는 마차 지붕에 묶은 수납용 상자를 재빨리 흔들었다.

"잠깐만 기다려요. 상자를 좀 치울 테니."

모스캡의 입이 서서히 흥분하며 벌어졌다.

"오, 덱스 수도자님, 혹시……."

"넵."

덱스가 일어나며 말했다.

"내가 태워 줄게요."

리버빌드란, 이름 그대로 수중에 있는 것으로 제작한 모든 것을 가리키는 말이었다. 과거 레이스테일강에는 쓰레기가 가득했고 주위에 점점이 있던 매립지는 끝없는 문제를 일으켰다. 전환기 사람들은 오랫동안 물고기를 잡아 본 적 없는 그물을 이용해 건강한 수로에 어울리지 않게 떠다니는 모든 물체를 퍼냈다. 리버랜드를 고향이라 부른 사람들은 재활용의 대가가 되었고 그들의 정착지는 곧 비슷한 철학을 지닌 매립지 광부들을 끌어모았다. 그 무렵 레이스테일강의 물은 깨끗해졌고 활기 넘쳤다. 재활용할 수 없는 쓰레기는 전부 오래전 지하 쓰레기 벙커로 옮겨졌다. 사용할 수 없는 것들을 봉인해 버리는, 과거가 남긴 죄악의 무덤이 그곳이었다.

강가 사람들이 주워 모은 재활용 가능한 쓰레기는 캣츠랜딩 같은 마을의 근간이었다. 플라스틱, 옛 타이어, 인간의 눈이 인지할 수 있는 온갖 빛깔의 운송 상자로 지은 주택이 있었다. 오래되어 생긴 균열은 균사체나 박테리아 시멘트 등 현대적인 방법으로 수선했는데 그 모습은 마치 금으로 고치는 부서진 찻잔처럼 잠시 파괴되었다가 다시 태어난 영원한 아름다움의 인상을 풍겼다.

리버빌드 중에는 풀이 자라는 강둑에 서 있는 것도 있었지만 낡은 빗물통이나 버려진 배관 파이프로 만든 지지대로 받쳐 물 위에 떠다니게 해 둔 것들도 있었다. 그곳의 모든 것은 상승하는 수면과 호우를 견디도록 지어졌지만 만든 사람들이 레질리언스(환경 시스템에 가해진 충격을 흡수하고 그 시스템이 복구 불가능한 상태로 전환되는 것을 막아 변화나 교란에 대응하는 생태계의 재건 능력 — 옮긴이)만을 염두에 둔 것은 아니었다. 멋진 장식이 도처에 보였다. 구식 자전거 바퀴로 만든 풍차와 회전목마, 병뚜껑과 레진으로 만든 모자이크, 자연 어디서도 발견할 수 없는 색상을 지닌 금지된 재료로 장식한 조각상이 있었다. 쓰레기로 지은 도시였지만 현재의 모습은 보기 흉한 근원을 초월한 상태였다. 캣츠랜딩은 독특하게 화려한 눈요깃거리였다. 그곳을 지나갈 때마다 덱스는 새로운 볼거리를 발견했다.

물론 그때만큼은 강 마을 주민들도 새로운 구경거리를 얻었다. 마차가 다가가자 늘 그렇듯 큰 무리가 모여서 이쪽을 빤히 쳐다보며 입을 벌리고 수군댔다. 덱스는 빠르게 상황을 통제했다.

"이야기를 나눌 시간은 충분할 겁니다. 하지만 우선 도움이 필요합니다. 프린터를 찾고 있습니다."

사람들이 느릿느릿 움직이는 사이 한 명이 앞으로 나섰다. 꽃 문신을 하고 단정한 턱수염을 청록색으로 염색한 30대 남자였다. 덱스는 그를 전에 본 기억이 났다. 차를 냈는지 그저 시내에서 마주친 것인지 알 수 없었지만 확실한 것은 그의 미소에 덱스의 무릎도 모스캡처럼 후들거린다는 사실이었다.

"제가 인쇄업자입니다. 뭘 도와 드릴까요, 수도자님?"

아름다운 남자가 말했다.

"제가 아닙니다."

덱스가 마차 위에 앉아 있는 모스캡을 가리켰다.

"여기 제 친구에게서 뭔가 부서져서 교체 부품이 필요합니다."

"염려 마세요. 이 사람은 부품을 정말 잘 만드니까요. 제 배의 엔진 절반은 이 사람이 다 만들었다니까요."

무리 속의 나이 지긋한 여자가 말했다.

"네, 하지만 로봇 부품의 형판은 없는데요."

인쇄업자는 그렇게 말하면서도 전혀 위축된 표정이 아니었다. 그는 목을 뽑아 뒤를 보며 말했다.

"로건 씨, 내일까지 새 방수 덧신을 완성하지 못해도 괜찮을까요?"

"괜찮소."
누군가가 대답했다.
인쇄업자는 다시 마차 쪽을 향했다.
"그럼 제 가게로 가서 한번 살펴보도록 하죠. 참, 전 리로이라고 합니다."
"반갑습니다, 리로이. 저는 모스캡입니다."
리로이가 씩 웃었다.
"네, 알죠."
덱스가 모스캡이 마차에서 내려오도록 부축했다. 내리자마자 그것은 그네에게 다가와 속삭였다.
"우리가 온다고 이곳 사람들에게 알렸습니까?"
그것은 걸으려 하다가 크게 휘청거렸고, 그 모습에 사람들이 놀라는 소리가 퍼졌다.
"아뇨."
덱스는 휘청거리는 모스캡의 허리에 팔을 단단히 감아 부축했다.
"그런데 어떻게 내 이름을 압니까?"
충분히 들리는 거리에 있던 리로이가 명랑하게 대답했다.
"당신이 꽤 유명하거든요."
그는 둘에게 물에 떠 있는 길로 따라오라고 손짓했다.
"갑시다. 어떻게 하면 좋을지 봅시다."

모스캡이 비틀거리며 가는 사이 머릿속이 요란하게 윙윙거렸다.

"덱스 수도자님, 우리가 *유명*합니까?"

그것은 놀랐지만 목소리를 낮춰 말했다.

"우리가 확실히 잘 알려지긴 했죠."

그것이 덱스 자신에게도 해당된다는 사실은 그다지 달갑지 않았다. 그네는 모스캡이 스포트라이트를 받는 것은 상관없었지만, 뉴스 사이트에 뜬 자신의 얼굴을 보는 경험은 *싫지*는 않되 좋지도 않았다.

덱스가 이전 방문 때 본 기억이 나는 인쇄소는 찾기 쉬웠다. 꼭대기에 튀어나온 커다란 환기구도 물론이고 태양열 지붕 가장자리에 서 있는 글자 덕분이기도 했다. 글자는 저마다 다른 재료와 색상으로 '조립 작업실'이라고 적혀 있었다. 작은 건물 주위에는 물레방아가 귀엽게 돌아가며 보이지 않는 발전기에 전력을 공급했다.

"어서 오세요, 어서 오세요."

리로이가 문으로 들어가며 스스럼없이 말했다.

"오, 세상에!"

모스캡이 외쳤다. 그것은 몹시 흥분한 나머지 균형 감각을 잃은 것을 잊고 움직이다가 덱스를 쓰러뜨릴 뻔했다.

"이것 좀 보세요!"

덱스는 숱한 조립 작업실에 가 봤지만 리로이의 작업실이 정말 좋다는 건 인정할 수밖에 없었다. 보통 어수선한 여타의 작업실과는 다르게 몹시 깔끔했다. 한쪽 벽에는 손님들이 주문하기 전에 재료의 느낌을 알 수 있도록 샘플을 갈고리에 걸어 두었다. 삽, 자전거 헬멧, 물안경, 휴대용 컴퓨터 프레임, 식기 한 세트, 방수 부츠 한 짝, 인공 고관절, 장난감 배, 특이한 장신구 등이 있었다. 반대편 벽에 장착된 선반에는 리로이가 작업에 필요로 하는 재료가 저장 상자에 담겨 있었다. 서비스 카운터가 작업실 가운데 있었고, 그 뒤에는 작은 인쇄기들이 대기 중이었다. 카운터 위에는 컴퓨터 단말기와 찰 신을 섬기는 작은 성소, 먹다 만 샌드위치와 사과 하나를 올린 접시가 있었다. 접시의 내용물은 급히 버려 둔 느낌이었다.

"식사 중에 방해해서 죄송합니다."

리로이는 가볍게 반박했다.

"이렇게 멋진 손님이 오셨는데 사과할 것 없어요."

그가 모스캡을 올려다봤다.

"앉을 필요가 있을까요?"

"필요는 없습니다. 하지만 앉고 싶습니다."

"나는 당신이 앉는 게 필요해요."

덱스가 말했다. 모스캡은 남에게 기댄 적이 없는 듯했

고 덱스의 어깨는 항의를 시작하고 있었다.

리로이는 모스캡에게 의자를, 덱스에게는 레모네이드 한 잔을 가져다준 뒤 손을 씻고 자기 몫으로 나무 의자를 가져왔다. 그는 연장 상자를 준비해 모스캡 앞에 앉았다.

"그럼, 어떻게……."

모스캡이 미소를 지으며 상체를 열었다.

"와아."

리로이는 고개를 젓더니 웃음을 터뜨리고는 손전등을 들고 다가갔다.

"오늘 하루가 이렇게 흘러갈 줄은 몰랐네요."

"찾는 것은 위쪽, 안쪽에 있어요."

덱스가 리로이의 어깨 너머로 바짝 다가가 보면서 말했다. 그 남자는 솜씨 좋고 믿음직한 듯했지만, 그럼에도 덱스는 낯선 사람이 멋대로 모스캡을 여기저기 들쑤시게 둘 생각이 없었다.

"거기 작은 검은……."

"아, 알겠어요. 가장자리가 부서진, 구부러진 거요?"

"네. 제 주머니에 나머지 절반이 있어요."

덱스의 말에 리로이가 물었다.

"제거해도 괜찮을까요?"

"그래야 합니다. 지금 겪는 중력에 관한 문제 말고는 이

장치가 필수적인 건 아닌 것 같습니다."

모스캡이 답했다.

"쉽게 빼낼 수 있는 것 같지만……."

리로이가 말을 멈췄다.

"통증은 느끼지 않습니다. 물리적인 의미에서는 *아무것*도 느끼지 않습니다."

모스캡이 괜찮다는 듯 말했다.

"다행이군요."

리로이는 생각하며 턱수염을 쓰다듬었다. 얼마나 정확하게 다듬은 수염인지 눈에 들어오자 덱스는 염색한 털이 얼마나 부드러울지 상상했다. 그네는 머리를 살짝 흔들고 다시 집중했다. 마지막으로 누군가와 함께 누운 지 오래됐지만 지금은 이럴 때가 아니었다.

리로이가 일어나더니 카운터 뒤 서랍을 열고 몇 가지 도구를 꼼꼼히 고르면서 흥얼거렸다. 일단 장비를 갖추자 그 부품을 떼어 내는 것은 거의 순식간이었다.

덱스가 모스캡의 눈을 봤다.

"아무런 차이도 못 느끼는 것, 맞죠?"

모스캡이 잠시 생각하더니 고개를 끄덕였다.

"네, 아무 변화도 없습니다."

"다행이다. 잘됐어요."

덱스가 안도의 한숨을 내쉬었다.

리로이는 부러진 것을 빛에 비추며 이리저리 뒤집어 봤다.

"이건 금방 인쇄할 수 있겠어요. 다른 반쪽도 볼 수 있을까요?"

덱스가 주머니에 손을 넣어 요청받은 물건을 꺼내 넘겼다. 리로이는 두 부품을 퍼즐 조각처럼 붙이더니 끄덕였다.

"이걸 스캐너에 넣읍시다."

"봐도 되겠습니까?"

"물론이죠."

덱스가 본 다른 스캐너와 같은 것이었다. 납작하고 반짝이는 패드가 컴퓨터에 연결되어 있었고, 사용자가 모델로 쓰고 싶어 하는 것을 측정하는 이동 장치가 매달려 있었다.

"어, 불빛을 똑바로 보지 말아요."

모스캡이 흥미를 느끼며 스캐너로 다가가자 덱스가 말했다.

"눈에 좋지……."

그네가 멈췄다.

"내 눈에는 좋지 않지만 당신의 경우는 모르겠군요."

모스캡이 덱스를 봤다.

“그런 경고는 들어 본 적 없습니다.”

그것이 말하더니 다시 스캐너를 지켜봤다.

“이것이 내게 손상을 줄 것 같지는 않습니다. 내가 본 것 중에 가장 밝은 것도 아닙니다.”

“가장 밝은 건 뭐였어요?”

리로이가 흥미를 드러내며 물었다.

“물론 태양입니다. 그것보다 밝은 것이 있습니까?”

덱스가 한쪽 눈썹을 치켜떴다.

“태양을 똑바로 볼 수 있어요?”

모스캡은 거울에 비친 듯이 덱스의 놀란 표정을 똑같이 지어 보였다.

“못…… 봅니까?”

그것은 덱스와 리로이를 번갈아 봤고, 그들은 고개를 저었다.

“아, 참 아쉽습니다. 정말 유감입니다.”

그것은 앞뒤로 계속 움직이는 스캐너 헤드를 다시 지켜봤다.

리로이는 모스캡이 기계에 보이는 관심에 즐거워 웃더니 컴퓨터 모니터로 시선을 돌려 모델이 제대로 만들어지는지 확인했다. 그는 고개를 살짝 끄덕인 뒤 고객들에게 말했다.

"좋습니다. 편집을 하는 동안 인쇄 재료를 의논하죠."

그는 저장 선반을 가리켰다. 인쇄 섬유와 열에 녹는 재료 통이 가득했다.

"카세인, 펙틴, 키틴, 설탕 플라스틱, 감자 플라스틱, 조류 플라스틱이 있고……."

"잠시만요."

모스캡이 선반을 빤히 봤다.

"이건 전부 바이오플라스틱입니까?"

"네. 물론이죠. 생분해되지만 견고한 재료예요. 원하는 만큼 튼튼하거나 유연하게 인쇄할 수 있어요. 카세인이나 설탕 플라스틱이 아마 밀도가 가장 잘 맞을 테지만……."

모스캡이 계속 빤히 봤다.

"내가 *유기* 부품을 가질 수 있다는 말입니까?"

리로이가 미소를 지었다.

"원하는 건 뭐든지 가질 수 있다는 말이에요."

로봇은 어안이 벙벙한 표정이었다.

"이…… 재료가 어디서 온 겁니까? 예를 들어 카세인은 어디서 구합니까?"

"우유에서요. 아니면 뼈나. 사람들이 먹지 않는 것에서 구하죠."

리로이는 선반에 놓인 실패들을 가리켰다.

"이 카세인이 정확히 어디서 온 건지는 모르지만 펙틴은 크로스로드의 시트러스 농장이 원산지예요."

"그럼 소들은 행복합니까? 잘 키웁니까? 시트러스 나무도요?"

리로이는 잠시 의아한 눈빛으로 덱스를 봤다.

"시트러스 나무가 행복한지 어떻게 알죠?"

그가 모스캡에게 물었다.

덱스는 모스캡이 새로운 옆길로 빠진 것을 알 수 있었고 너무 멀리 가기 전에 막기로 했다.

"왜 그래요?"

그네가 카운터에 기대어 모스캡을 똑바로 보며 물었다.

"음, 난…… 이런 상황의 함의는 생각해 보지 않았습니다."

모스캡이 양손을 비볐다.

"*다른 존재*가 내 수리에 필요한 재료를 생산하리라고는 생각하지 않았습니다. 만나 보지도 못한 존재가!"

이 몇 주간 덱스가 할 말을 잃은 것은 한두 번도 아니었다.

리로이는 다시 둘을 번갈아 보더니 물었다.

"샌드위치를 마저 먹어도 될까요?"

"어서 드세요."

덱스가 말했다. 그네는 팔짱을 끼고 편히 앉았다.

"여기 있는 재료가 석유 플라스틱보다는 세상에 훨씬 좋은 건 알고 있죠."

"물론입니다."

"그리고 프로폴리스로 수리한다는 말도 했잖아요. 그것도 다른 존재에게서 나온 거예요. 다른 여러 존재에게서."

"프로폴리스를 수확하려면 벌집에 손을 넣어야 합니다. 어디서 온 것인지 아주 잘 알게 될 겁니다. 하지만 교체 부품으로 카세인을 선택한다면 어느 소에게 고마움을 가져야 할지 알 수 없을 겁니다."

모스캡은 대답을 기다리며 기대하는 눈빛으로 덱스를 봤다. 리로이 역시 소리 없이 샌드위치를 씹으며 똑같은 행동을 했다.

덱스는 왼쪽 눈가를 문질렀다. 끝없는 토론을 원했다면 그네는 신학대학교에 남았을 것이다. 덱스는 다른 방식을 시도했다.

"당신 안에 부서진 것은 석유 플라스틱이에요. 그리고 석유 플라스틱 *역시* 다른 존재로부터 만들어졌죠, 그렇죠? 아주 오래전에 죽은 많은 것에게서 남은 물질이죠. 온몸에 화석이 남긴 것을 감고 있는데 *그것들도* 역시 만나지 못할 거예요."

"그렇게 남은 것은 원래 존재로부터 아주 멀리 떨어져 있습니다. 우유와는 달라요. 석유 플라스틱이 변성을 겪었다는 건 말할 것도 없습니다."

"바이오플라스틱도 마찬가지죠. 갓 짠 우유로 인쇄할 순 없어요."

리로이가 끼어들었다.

"네. 하지만 원재료와 비슷하니 생분해되는 겁니다. 그것이 궁극적으로 유기물과 합성물을 나누는 지점 아닙니까? 판가의 모든 재료는 원래 판가에 *존재*했어야 합니다. 모든 것은 원래 자연물입니다. 하지만 만약 어떤 것을 자연이 더 이상 재활용할 수 없는 것으로 만든다면, 자연물의 영역에서 그것을 제거한 셈입니다. 더 이상 자연에서 담당하는 역할이 없다는 뜻입니다. 나처럼 말입니다. 나는 참여자가 아니라 관찰자입니다."

"와아. 대단하군요."

리로이는 마지막 남은 샌드위치를 입에 넣고 사과를 들었다.

덱스가 한숨을 쉬었다.

"강요하지 않겠다고 약속은 했어요. 그리고 강요 안 할게요. 하지만 야생에서 발견한 것으로 고치는 것과 리로이가 여기서 제안하는 재료로 고치는 것이 뭐가 다른지 모르겠네요."

"어쩌면 차이가 없을지도 모릅니다. 하지만 모르겠습니다. 유기 부품을 갖는 것에 내가 어떤 감정인지 모르겠습니다. 그저 굉장할 거라는 생각이 들기도 합니다. 자연을 공부하는 학생이 되기에 그 일부를 간직하는 것보다 더 좋은 길이 있겠습니까? 하지만…… 그러면 *내* 본질의 기본적인 부분이 바뀌지 않겠습니까?"

덱스는 눈살을 찡그리고 스캐너 패드에 놓인 부서진 부품을 가리켰다.

"이건 당신의 의식과는 아무 관련이 없어 보여요."

"음, 그건 모르는 일 아닙니까? 내가 왜 의식을 갖게 되었는지에 대해 난 당신들보다 더 아는 것이 하나도 없습니다. 이 조각이 내 처리 기능의 핵심은 아니지만…… 당신의 몸을 생각해 보세요. 당신의 골격 유전자는 푹 자는 능력과 무관해야 하지만 아무도 모르는 이유로 상관이 있습니다."

"무슨 말인지 모르겠어요."

"골격 유전자 말입니다. 연구에 따르면 그것과 불면증 증상에 상관관계가 있습니다."

덱스가 눈을 껌뻑였다.

"대체 뭘 읽고 있었던 거예요?"

"전부 다 읽습니다."

리로이가 사과를 우적 베어 물며 재미있다는 표정을 지었다.

덱스가 얼굴을 문질렀다.

"난 정말이지 이 조각이 당신의…… 당신의 본질과 상관이 없다고 생각해요. 아무 차이도 못 느낀다고 했잖아요."

"그렇습니다. 그렇다고 내가 그 차이를 알 수 있는 건 아닙니다. 내가 다르게 보입니까?"

"전혀요. 정말 괜찮다고 생각해요. 우리가 당신을…… 사이보그나 그런 걸로 만드는 건 아니에요."

"뭐라고 했습니까?"

"사이보그요. 알잖아요, 소설에 나오는?"

"아뇨. 그건 무엇입니까?"

"그건…… 지어낸 거예요. 반은 사람, 반은 로봇이죠."

모스캡의 렌즈가 변했다.

"괴물입니까?"

"딴은 그렇죠. 글쎄요. 그런 거엔 관심이 없어서. 그런 게 있단 것만 알아요."

"참 이상한 생각입니다. 하지만 좋은 지적입니다. 나는 물체이지 동물이 아닙니다. 내가 완전히 합성물이 아니게 되면 뭔가 다른 존재가 되는 겁니까?"

"아뇨. 그렇지 않아요."

그렇게 말한 뒤, 리로이는 덱스를 봤다.

"사적인 질문인 건 알지만, 수도자님. 인공 기관을 갖고 있나요? 정강이에 핀을 삽입했거나? 치아 봉처럼 작은 것일 수도 있고요."

"네. 두 개 봉했어요."

"봉이 뭡니까? 뭘 봉한 겁니까?"

모스캡이 물었다.

"치아에 난 구멍이요."

덱스가 턱을 가리켰다.

"사실을 이야기하자면 세라믹으로 봉했죠. 그러니 나도 굳이 따지자면 100퍼센트 유기체는 아니군요."

"그것 때문에 달라진 것을 못 느낍니까?"

덱스가 웃었다.

"네. 그런 게 있다는 사실을 대체로 기억도 못 해요. 일상생활에서 봉이 얼마나 사소한지 말도 못 하죠."

로봇이 조용히 생각했다.

"몸의 구성 요소는 정체성의 핵심에 영향을 주지 않는다는 말이군요."

"물론 주죠. 그렇지 않고서야 몸을 장식하거나 완전히 바꾸는 일을 왜 하겠어요?"

모스캡이 어리둥절한 표정을 지었다.

"그럼 어느 쪽입니까? 당신은 몸입니까, 몸이 아닙니까?"

"둘 다요."

리로이가 말했다.

"둘 다 아니기도 하고."

덱스가 말했다.

모스캡이 두 사람을 번갈아 봤다.

"참으로 둔감합니다."

그것이 조금 답답한 목소리로 말했다.

"미안합니다. 이해하려고 노력 중입니다. 당신의 의식은 나와 마찬가지로 몸에서 생겨납니다. 의식 없는 물질이 의식을 지닌 자아를 일으킵니다."

"그렇죠."

덱스가 말했다.

"그런 의미에선 나는 내 몸입니다."

"네."

"하지만 자아는 단순히 저차원의 부분들을 합친 것 이상입니다."

"그렇기도 하죠."

"그럼…… 몸은 나이자 동시에 내가 아닌 겁니다."

모스캡의 머릿속에서 나는 소리가 너무 커서 마치 이

륙이라도 할 것 같았다.

"몸과 자아 사이 어디에 선을 긋습니까?"

덱스는 뭐라고 해야 할지 알 수 없었다.

리로이가 어깨를 으쓱였다.

"그건 당신과 신들 사이에서 결정할 문제죠."

그는 사과를 한 입 더 베어 물었다.

모스캡이 색색의 섬유 실패를 한참 봤다.

"생각해 봐야 되겠습니다."

"물론이죠."

리로이가 말했다.

"당신이 사람이 아니라 물체라고 했죠. 맞나요?"

"네."

리로이는 베어 문 사과와 그 생각을 같이 곱씹으며 끄덕였다.

"좋아요. 하지만 그렇다 해도 다른 기계 수리와 똑같이 취급하면 안 될 것 같군요. 우리가 여기서 만드는 건 보철인데 사람들에게 보철을 만들 때는 원하는 것이 무엇인지 시간을 얼마든지 들여 천천히 생각하라고 해요. 당신이 다른 건 이해하지만 결국 같은 문제 같아요."

로봇이 고마운 눈빛으로 리로이를 봤다.

"매우 감사합니다. 고맙습니다."

그것은 덱스를 봤다.

"괜찮습니까?"

"물론이죠. 당신이 원하는 것을 알 때까지 시내에서 지내면 되니까요."

리로이는 사과를 내려놓고 카운터 위로 몸을 바짝 당겼다.

그는 진지하게 두 손을 쥐며 말했다.

"음, *여기서* 지낼 거면 훨씬 멋진 환영 파티를 해야 하겠군요."

캣츠랜딩 사람들은 파티를 제대로 할 줄 알았다.

해 질 녘, 마을 전체가 변했고 거기 사는 사람들은 갑자기 축하할 것이 생겨 너무나 기쁜 모습이었다. 반짝이 등이 사인 곡선을 그리며 매달렸고 전구가 물속에서 까닥거렸다. 떠다니는 연단에서 밴드가 그윽한 곡을 연주했으며 불에 바짝 구운 생선과 지글거리는 조개의 냄새가 여름밤 따스한 공기를 채웠다.

덱스는 부두 끝 기둥에 매달린 컵 모양 의자에 다리를 포개고 앉아 발목 위에 맛난 요리 접시를 얹어 놓고 있었다. 그네는 한쪽 팔을 베고서 만족스럽게 한숨을 쉬고 다른 손으로 가재 튀김 꼬치를 하나 더 집어 들었다. 마을까지 힘들게 온 기억은 빠르게 옅어졌고 그러자 앉아서 먹고 빈둥거리는 것이 무엇보다 행복했다.

모스캡은 그날 아침 인쇄업자를 추천한 나이 지긋한 여자 소유의 스피드보트 뒤에 앉아 있었다. 그녀는 나이에 어울리지 않는 엄청난 속도로 물살을 갈랐고, 표면적으로는 자신과 승객의 안전을 지켜 주는 반짝이는 부표 주위를 능숙하게 돌아다녔다. 그녀와 모스캡이 무슨 대화를 나누는지는 들을 수 없었지만 종종 둘의 환호와 웃음소리가 엔진과 물 튀는 소리보다 크게 들리곤 했다. 멋진 시간을 보내는 것이 분명했다.

리로이가 덱스가 고른 자리로 자줏빛 무엇인가를 채운 긴 잔 두 개를 들고 다가오더니 물었다.

"함께해도 괜찮을까요, 수도자님?"

그는 미소를 지으며 잔을 들었다.

"빈손으로 오진 않았어요."

덱스는 잔을 반갑게 맞았다.

"목이 마르던 참이었어요."

그네는 음료를 받으면서 리로이의 눈을 보고 미소 지었다. 허브와 베리를 섞은 술이었다. 덱스와 리로이는 서로 인사한 뒤 한 모금씩 마셨다.

"와, 완벽하군요."

덱스가 말했다.

"여긴 이게 맛있어요."

리로이는 덱스 맞은편 의자에 앉았다.

"확실히 그렇군요."

덱스는 사실임을 인정하듯 목에 건 곰 펜던트를 엄지로 문지르고 이어 말했다.

"앞서 일은 다시 한번 감사합니다. 오늘 하루를 망치지 않으셨으면 해요."

"아, 전혀요. 멋진 하루로 만들어 줬죠."

스피드보트에서 두 개의 웃음소리가 솟아나자 리로이는 물 쪽을 보더니 껄껄 웃었다.

"아멜리아 씨가 자발적인 희생자를 발견해서 다행이군요."

"저분 이름인가요?"

"네에. 모스캡은 나보다 용감하네요. 나라면 저분과 보트를 함께 안 탈 겁니다."

"왜요?"

리로이가 물 쪽으로 손짓하며 손바닥을 펼쳐 그들 앞의 광경을 강조했다. 보트가 무모한 각도로 회전하며 양쪽으로 물을 튀겼다.

덱스가 웃었다.

"모스캡은 적어도 방수가 되니까요."

"모스캡은 운이 좋군요. 당신처럼 친절한 사람이 돌봐 주니까요."

덱스는 칭찬에 마음이 따뜻해졌지만 그다음 표현에는 눈살을 살짝 찡그렸다.

"음, 나는 보호자가 아니에요. 우리 사이는 그런 게 아니에요."

"그럼 뭔가요?"

덱스가 생각했다.

"타지에서 친구가 찾아온 적 있나요? 멀리서, 모든 것이 다른 지역에서? 그러면 친구에게 안내도 하고, 음식은 무엇이고, 집 주위 기계가 어떻게 돌아가는지, 좋은 매너가 무엇인지 알려 줘야 하죠?"

"그렇죠."

"그런 거예요. 모스캡은 내 친구이고 나는 안내하는 것뿐이에요. 야생 지역에서는 모스캡이 그렇게 해 줬고요. 인간의 땅은 내가 사는 곳이죠. 그밖에는 전부 모스캡의 지역이고. 순수하고 단순한 교환이에요."

리로이는 술을 마시며 흥미로운 눈빛으로 덱스를 봤다.

"앤틀러스에 다녀왔다는 소문을 들었어요. 경계 지역 너머로."

그 말에 덱스는 비밀을 들킨 느낌이었다. 그쪽으로 가 보기로 한 선택은 혼자서 내린 것이었고, 그 이유도 사적인 것이었다. 그 시간과 장소가 모스캡의 이야기를 공개하며 함께 밝혀지니 이상한 느낌이었다. 그네는 잠시 기다렸다가 대답했다.

"네. 그랬죠."

리로이는 다행히 덱스가 약간 불편해하는 것을 알아차린 듯 부드러운 말투로 계속했다.

"거기 나가니 어땠어요?"

덱스는 한숨을 쉬고 자신의 약한 부분을 받아들이기로 했다.

"아름다웠어요. 무시무시하고. 왜 그곳에서 살지 않는지 이해하게 되죠."

리로이가 오른손 손목에 찰 신의 설탕별 팔찌를 차고 있는 것을 그네는 그제야 알아차렸다. 리로이는 덱스가 펜던트에 하듯이 설탕별을 살짝 쓰다듬었다.

"그럼 모스캡이 안내를 해 준 건가요?"

"네. 그랬죠. 우리가 우연히 마주치지 않았다면, 거기서 무슨 일을 당했을지 모르겠어요. 아마 돌아왔거나……."

그네가 어깨를 으쓱였다.

"글쎄요."

"그럼 둘 다 운이 좋군요."

리로이는 또 한 번 말 없이 술을 마시며 덱스에게서 눈을 떼지 않았다.

"거긴 아무도 혼자 못 가죠."

"로봇은 갈 수 있어요."

"그렇죠. 하지만 저 친구는 누군가와 함께하는 걸 좋아하는 것 같군요."

리로이는 물 쪽으로 시선을 돌리더니 미친 듯이 달리는 보트를 보고 고개를 저으며 또 웃었다.

덱스는 태연히 술을 마셨다.

"우리 모두 그렇지 않나요?"

그 질문은 덱스가 바란 효과를 발휘했고 리로이의 눈이 반짝였다. 그의 얼굴에 서서히 미소가 번졌다.

"있잖아요, 수도자님, 혹시 말인데……."

"네?"

리로이의 미소가 커졌다.

"음, 오늘 밤에 친구 곁에 있을 필요가 없으면, 혹시…… 내 집에서 지내지 않겠어요?"

덱스는 그날 짜증 났던 모든 일이 순식간에 보상받는 느낌이었다.

"네. 그러죠."

그네는 접시를 치워 두고 일어났다.

"오, 지금요?"

덱스가 씩 웃었다.

"달리 갈 곳이 있나요?"

리로이가 반가워하며 웃었다.

"아…… 좋아요, 그럼. 좋고말고요."

그네는 일어나 손을 내밀었다.

덱스는 그 손을 잡았고 영혼에 좋은 일을 충동적으로 약속한 데 들뜬 둘의 맥박을 느꼈다. 그들은 함께 부두로 돌아가며 한 발 내디딜 때마다 가까이 다가섰다. 파티의 불빛이 수면에 반짝였고 하늘에서 별들이 화답했다.

덱스는 자기 침대를 좋아했지만 오랜만에 남의 침대에서 눈을 뜨는 것도 기분 좋았다. 알고 보니 리로이의 집과 작업실은 하나였다. 그는 작업 공간 뒤에 큰 방을 갖고 있었고 그 배치만 봐도 알 수 있는 사실이 많았다. 침대는 낮고 널찍했다. 눕기 쉽고 일어나기 어려웠다. 주방은 간단했지만 소박하고 건강한 식품으로 채워져 있었다. 커다란 안락의자 뒤에는 고성능 사운드 시스템이 있었고 스피커는 머리 쪽을 향했다. 자질구레한 물건과 예술 작품이 빈 공간을 채웠지만 답답하지는 않았다. 저마다 사연을 가진, 신경 써서 고른 물건 몇 가지였다.

침대 맞은편 벽은 거의 창문으로 이뤄졌고 그날 아침 덱스가 눈을 뜨자 처음 맞이한 것은 강이었다. 그다음은 리로이였지만 아직 잠들어 있었다. 덱스는 그의 숨소리와 둘을 감싸 주는 갓 세탁한 시트의 향기에 미소를 지었다. 밖에서는 진흙오리 몇 마리가 헤엄쳐 지나갔다. 햇볕이 내리쬐는 바위 위에는 거북이 일광욕 중이었다. 학이 긴 목을 물에 담갔다가 허탕을 치고 올라오더니 사냥을 계속했다. 덱스는 베개에 몸을 기대고 앉아 모든 광경과 냄새와 감정을 아무 생각 없이 그저 인지하고 즐겼다.

그네는 침대 옆 테이블에 놓인 휴대용 컴퓨터에 눈길을 줬다. 메일함에는 더 도착한 메시지들이 그네를 잠자코 기다리고 있었다. 덱스는 슬쩍 훑어봤다. 시티로부터 도착한 알지 못하는 사람들의 요청이 또 있었다. 모스캡이 역사 아카이브 녹음을 원할 것인지 묻는 메일이 있었다. 대학교에서 세 번째 공개 모임을 연다면 참석할 것인지 묻는 메일도 있었다. 첫 번째와 두 번째 모임이 이미 만석이기 때문이었다. 기계 기술자 협회에서 그들 둘을 모두 공식 만찬에 초청했지만 주최자가 다시 생각한 뒤 물었다. 음식이 나오지 않는 행사를 조직하는 것이 모스캡에게 예의를 갖추는 것이겠냐는 질문이었다.

덱스는 컴퓨터를 끄고 시트와 오리들에게 돌아갔다.

문 두드리는 소리가 조용하지만 또렷이 들려왔다. 덱스는 리로이를 봤다. 주인은 자고 있었다. 잠시 생각한 뒤 덱스는 가능한 한 소리 없이 침대에서 빠져나왔다. 그네가 옷을 찾는데, 또 한 차례 노크 소리가 들렸다. 그네는 자기 바지와 리로이의 셔츠를 입고 맨발로 가게를 지나 현관문으로 갔다. 노크가 계속되고 있었다.

덱스가 문을 여니 모스캡이 문을 두드리다가 주먹을 든 채 서 있었다. 반대쪽 손에는 반짝이는 나무 지팡이를 들고 기대고 있었다.

"잘 잤습니까, 덱스 수도자님! 어젯밤 섹스한 것을 축하합니다!"

모스캡 뒤에서 웃음소리가 들려왔고, 덱스가 목을 뽑아 보니 스피드보트 주인 아멜리아 씨가 옷차림과 마찬가지로 우아한 지팡이를 짚고 손으로 입을 가리고서 계속 웃고 있었다. 그녀 뒤에는 빈 유모차도 있었다. 아마 그것으로 모스캡을 작업실까지 데리고 온 듯했다. 그녀는 덱스에게 명랑하게 손을 흔들며 기쁜 표정으로 눈가에 주름을 지었다.

"아."

빰이 달아오르는 것을 느끼며 그녀는 목청을 가다듬었다.

"고마워요, 모스캡."

로봇이 환한 표정으로 말했다.

"아멜리아 씨가 그런 행동에 관한 사회적 규범을 알려 주셔서 큰 도움이 됐습니다. 아직 내가 완전히 이해한 것인지 모르겠지만, 이분은 내가 당신을 방해해서는 안 된다고 알려 주셨습니다. 비록 자세한 내용을 알고 싶지만……."

덱스가 다시 목청을 가다듬었다.

"음, 네."

그녀는 나이 지긋한 여성을 향해 고개를 끄덕였다.

"감사합니다, 아멜리아 씨."

아멜리아 씨도 고개를 끄덕이더니 모스캡에게 말했다.

"난 이제 집에 가야 해요. 아침을 안 주면 고양이들이 토라질 테니까. 하지만 우리 집에 언제든지 놀러 와요."

그녀는 유모차를 가리켰다.

"이것 놔두고 갈까요?"

"아뇨, 감사합니다. 이제 일어나면 더 필요 없을 겁니다."

아멜리아와 모스캡이 작별 인사를 나누는 동안 건물 안에서 부스럭거리는 소리가 들렸다. 덱스는 문을 열어 두었다가 리로이의 집에 다시 들어갔고 바지를 입은 리로이는 스토브에 주전자를 올리고 있었다.

"안녕."

덱스가 슬쩍 웃으며 말했다.

리로이도 식탁으로 쓰는 작은 카운터에 머그잔 두 개를 올리며 마주 봤다.

"안녕."

덱스는 현관 쪽을 엄지로 가리켰다.

"모스캡이 왔어요. 결정을 한 것 같은데. 교체에 관해서요."

리로이는 냉장고를 열었다.

"아. 잘됐네요."

"아침 준비를 하는 동안 작업실에서 기다리라고 할까요?"

"아뇨, 아뇨. 여기 들어와도 좋아요."

리로이는 점박이 오리알이 담긴 그릇과 노끈으로 묶은 녹색 채소를 들어 올렸다.

"로봇은 아침 식사가 필요 없겠죠?"

덱스가 웃었다.

"네. 그렇죠."

리로이의 입꼬리가 한쪽 뺨으로 조금 더 올라갔다.

"그럼 당신은요?"

"나는 먹고 싶어요."

리로이는 기쁜 표정으로 끄덕이고 일을 시작했다.

현관문이 닫히는 소리가 실내에 울렸고, 모스캡이 방 안으로 절뚝이며 들어오는 사이 불규칙하게 철컥이는 소리가 이어졌다.

"안녕하세요, 리로이! 어젯밤……."

덱스가 최대한 빨리 말을 막았다.

"모스캡은 아멜리아 씨와 밤을 보낸 모양이네요."

"아, 네, 즐거웠습니다."

그것은 카운터에 놓인 의자에 앉았다.

"그분의 고양이와 놀기도 했고, 그분이 미술 작업실을 보여 줬는데 아름다운 종이책 서가도 있었습니다. 찢어지지 않으니 읽기가 훨씬 쉬웠습니다."

리로이가 그릇에 오리알을 깨어 넣으며 그 말에 고개를 갸우뚱거렸다. 덱스는 다른 의자에 앉으며 설명을 덧붙였다.

"앤틀러스 산맥에서 찾아간 암자에 종이책이 있었어요. 시티 대학교에 전달하려고 몇 권을 챙겼는데, 대부분…… 음, 찢어졌죠."

"그렇군요."

리로이가 또 오리알을 깨며 그릇을 가리켰다.

"오믈렛을 좋아한다고 넘겨짚어도 괜찮으면 좋겠군요."

덱스가 환하게 웃었다.

"오믈렛 좋아해요."

사실이었다.

리로이는 아주 살짝 윙크를 하고 요리를 계속했다.

"이것이 관습입니까?"

리로이가 창틀의 화분에서 허브를 꺾어 오는 사이 모스캡이 덱스에게 속삭였다.

"어젯밤에 읽은 책 중에서 사람들이 섹스 후에 서로에게 아침 식사를 만들어 주는 경우도 있었지만 전부 그렇지는 않았습니다."

덱스가 모스캡을 노려보고 최대한 목소리를 낮췄다.

"아멜리아 씨가 어떤 책을 수집한 거죠?"

"아, 전부 포르노그래피였습니다. 아주 교육적이었습니다."

리로이는 존경스러울 만큼 무표정을 유지했다.

"아침 식사가 관습은 아니에요. 하지만 그러면…… 그렇게 되면 아주 좋죠."

덱스가 속삭였다.

"어떤 느낌인지 알 수 있습니다."

모스캡이 칭찬하듯 말하다가 멈췄다.

"오, 이런. 내가 나가야 합니까? 내가 침범한 겁니까?"

"괜찮은 것 같아요."

덱스가 말했다. 리로이는 그 시점에서 그네와 눈을 맞췄고, 불청객을 기분 좋게 받아들이는 눈치였다. 덱스는 곧 캣츠랜딩에 돌아오기로 다짐했다.

"그래서 말인데."

덱스는 목소리를 보통으로 높이며 물었다.

"여기서 어떻게 할지 정했나요?"

"네, 정했습니다. 가능할지 모르겠습니다만."

"말해 봐요."

리로이가 말했다.

모스캡이 카운터 위에 양손을 모았다.

"부서진 부품을 녹여서 그걸 인쇄해 교체품을 만들어 줄 수 있습니까?"

"아, 그거야 간단하죠. 석유 플라스틱 재활용은 시간이 더 걸려요. 안전하게 처리해야 하니까요. 하지만 기다리는 것만 괜찮다면 얼마든지 가능해요."

"훌륭합니다. 그럼 그렇게 하고 싶습니다."

모스캡이 안도한 목소리로 말했다.

덱스는 카운터에 팔꿈치를 얹고 턱을 괴었다.

"이유를 물어도 될까요?"

로봇은 잠시 생각했다.

"나와 다른 로봇의 차이를 지금보다 더 벌리고 싶지 않습니다. 나는 여기서 굉장한 경험을 하고 있습니다. 내가 사는 세상에는 없는 나무들을 봤습니다. 보트도 탔습니다. 길든 고양이와 놀았습니다. *가방*도 있습니다!"

그것은 옆구리에 매달린 가방을 가리키며 강조했다.

"소지품을 넣는 가방! 어떤 로봇도 한 적 없는 일을 하고 있는데, 경이롭긴 하지만…… 다른 로봇들과 동떨어지고 싶지 않습니다. 내가 가진 차이는 이 일을 계속하는 사이 커질 뿐입니다, 덱스 수도자님. 유명해지는 것은 참 좋지만 아직은 그런 일에 대해 내가 어떤 감정인지 모르겠고 로봇 사이에서도 그런 특징을 가지게 될지 모르겠습니다. 그러니까 경험이 다른 것으로 충분합니다. 물리적으로도 달라지고 싶지 않습니다."

그것이 말을 멈췄다.

"납득이 됩니까?"

덱스가 상냥한 미소를 지었다.

"네, 그렇군요."

리로이는 둘을 감동한 표정으로 지켜봤다.

"가서 그라인더를 예열할게요."

그가 아침 준비하던 것을 두고 말했다.

"먹는 동안 녹일 수 있어요."

"내가 도울 일은 없나요?"

리로이는 지나가며 덱스의 어깨를 꼭 쥐었다.

"아뇨."

그는 덱스가 입은 옷을 보고 걸음을 멈췄다.

"그거 혹시 내 셔츠인가요?"

덱스가 어색하게 웃었다.

"미안해요. 서둘러 나가느라……."

"아뇨, 좋아요."

리로이는 작업실로 계속 갔다.

"당신이 가져요. 잘 어울리니까."

리로이가 가고 나자 모스캡이 다가왔다.

"의류 교환은 관습입니까?"

덱스의 뺨이 뜨거워졌다.

"아뇨."

"오오오."

모스캡이 각진 턱으로 양손을 올렸다.

"아멜리아 씨가 거기 대해 할 말이 있을 것 같습니다."

"부탁이에요."

덱스가 다급하게 말했다. 그리고 눈을 감았다.

"아멜리아 씨에겐 말하지 말아요."

4.
코스트랜드

바다를 찾으려면 가장 원하는 방향으로 흘러가는 강을 따르면 되었다. 공기에서 소금 맛이 나기 시작하면 어디로 향할지에 대해서는 여러 가지 선택지가 있었지만, 덱스는 십렉 마진을 골랐다. 자기가 그곳 경치가 마음에 들어하니 모스캡도 좋아하리라는 단순한 이유였다. 은빛 바다가 조수간만의 기이한 손으로 깎아 놓은 바위를 간간이 건드리는 고요한 장소였다. 시티 근처에도 구불구불 펼쳐진 모래사장과 장난스러운 파도가 치는 해변이 있었지만 십렉은 그런 곳이 아니었다. 파도는 그 속을 헤엄치는 이빨이 날카로운 포식자만큼이나 가차 없었다. 해안선은 몇 시대만 지나면 모래가 될 자갈이 깔렸고 그것이 갈려 나간 절벽은 들이치는 파도 위에 솟아 날카롭고 거친 모서리를 드러냈다.

하지만 음산한 모습에도 불구하고, 십렉에서는 생물이 번성했다. 검은 깃털의 바닷새들이 날개 없이는 닿을 수 없는 틈에 둥지를 틀었고 가문비나무는 절벽 모서리에 붙어 염분 가득한 해무 속에서 작지만 꿋꿋이 자랐다. 캄캄한 틈에서도 바다딸기가 자랐고 자갈 사이에는 주황색 보석이 숨어 있었다. 그리고 그곳 사람들은 여남은 가구 정도씩 모여 이곳저곳에 정착지를 짓고 육지 동물이 사는 가장 끄트머리에서 삶을 꾸렸다.

이 점점이 흩어진 마을들은 덱스가 마차를 세운 절벽 꼭대기에서 쉽게 보였다. 모스캡은 지난주에 얻은 쌍안경으로 새로운 환경을 매우 흥미롭게 관찰했다.

"사는 곳이 아주 단순해 보입니다."

덱스는 접이식 의자를 펼치며 끄덕였다. 그네는 보지 않고도 모스캡이 무슨 말을 하는지 알았다. 가문비나무 판자와 유목으로 지은 소박하고 튼튼한 집들이 하루가 끝나면 작은 돛단배가 돌아와 손 그물로 잡은 것을 끌어내리는 둑 가까이 모여 있었다.

"해변에 어서 가고 싶습니다, 덱스 수도자님. 해안 생태계 속에서는 별로 지내 보지 못했고, 아주 오래전이었습니다."

덱스는 계속 미뤄 왔지만 더 이상 피할 수 없는 대화를 시작해야 한다는 생각에 한숨을 쉬었다. 그네는 이 이야기를 어떻게 꺼낼지 며칠간 고민했고, 좀 더 빨리 이야기할까 싶었지만 모스캡이 리버랜드에서 워낙 즐겁게 지냈기 때문에 그 기분을 망치고 싶지 않았다. 그네는 모스캡도 머릿속 깊이 이 문제를 묻어 두었다는 것을 알고 있었으며 결국에는 이런 혼란은 최대한 줄이는 것이 친절이라고 결론지었다.

그렇다고 해서 그 이야기를 꺼내는 것이 쉬워지지는 않았다.

"모스캡, 저기……."

덱스는 주머니에서 손을 꺼내며 씁 하는 소리를 냈다.

"흥을 깨고 싶지는 않지만, 당신의, 당신의 기대치에 대해서 여기서 이야기하는 게 좋겠어요. 그…… 뭐랄까…… 바다를 얼마나 가까이에서 볼 수 있는지."

로봇이 쌍안경을 내렸다.

"왜입니까?"

덱스가 숨을 내쉬었다. 그네는 의자에 앉아서 모스캡에게도 앉으라고 손짓했다.

"두 가지가 있어요."

모스캡이 앉자 그네가 말했다.

"우선 코스트랜드 대부분은 재야생화한 지역이에요. 원하면 *당신*은 그곳을 걸어갈 수 있지만 난 못 가요. 도로나 오솔길이 없는 곳도 많고 거기 사는 동물은 인간에게 익숙하지 않고 또 인간이 건드려선 안 돼요."

"그럼 둥지 짓는 새나 새끼 키우는 물개 같은 것 말입니까?"

"아마 그럴 거예요. 자세한 건 몰라요. 내가 있을 곳이 아니란 것만 알죠. 문자 그대로 말이에요. 해안에는 인간 발자국이 아주 적게 남도록 설계되었어요."

"현명한 처사입니다. 하지만 이 해변은 어떻습니까?"

그것이 절벽 아래 서 있는 작은 목재 집들을 쳐다봤다.

"음, 그게 두 번째인데요."

덱스는 조심스럽게 단어를 선택했다.

"여기 마을이 존재하긴 하지만…… 당신과 나를 그다지 환영하지 않을지도 몰라요."

그네는 다시 한숨을 쉬었다.

"특히 당신을."

"아."

모스캡은 놀랐지만 격렬하게 반응하지는 않았다. 그것

은 그저 무릎 위에 손을 포개어 놓고 덱스를 보며 이해하려고 노력했다.

"왜입니까?"

덱스는 뺨을 부풀리며 의자에 기댔다.

"여기 사람들은 대체로 현대 기술을 반기지 않아요. 사실 기본의 기본 말고는 어떤 기술에도 같은 입장이죠."

모스캡의 눈이 변했다.

"암자에서도 이 이야기를 한 적 있습니다. 하지만 설명해 주지는 않았습니다."

덱스는 바로 그 설명을 시작했다.

"전환기 이후로 어떤 사람들은 좀 극단적인 방향으로 향했어요. 그들은 기술이란 공장 시대로 돌아가는 미끄러운 비탈이라고 여겨서 자동화한 물건은 아무것도 쓰지 않아요. 대부분의 사람들이 난방 정도 말고는 전기를 쓰지 않죠. 난방조차도 필수는 아니에요. 동물을 이용해서 물건을 옮기기도 하지만 그저 자기 힘으로 할 수 있는 일만 하는 사람들도 많아요. 그거야 상관없어요. 그들의 선택이니까요. 원하는 대로 살면 되죠. 하지만 그들은 주류 기술을 자기 공간에 들이는 데도 까다로운 걸로 유명해요. 이곳에서 차를 낼 때는 시내로 잘 들어가지 않아요. 외곽에 마차를 세우고 사람들이 원하면 찾아오게 해요.

지금처럼 말이죠."

"사람들은 왜 당신을 가까이하지 않습니까?"

"내게 전기 주전자가 있으니까요. 황소자전거도 있고. 휴대용 컴퓨터도 있고. 냉장고도 있으니까요. 이제 알겠죠."

모스캡이 자기 금속 프레임을 내려다봤다.

"황소자전거나 전기 주전자를 좋아하지 않다면, *내가 어째서* 문제가 되는지 알겠습니다."

덱스는 미안해서 얼굴을 찡그렸다.

"그렇죠."

로봇은 자신을 처음으로 보는 것처럼 허리께에 드러난 부품을 쓰다듬었다. 덱스는 모스캡에게 그런 생각을 하게 한 것이 이미 싫었다. 그네는 모스캡이 자신의 본질적인 가치에 확고한 믿음을 가진 것을 알고 있었다. *무슨 일이 있어도 나는 놀라운 존재입니다.* 그것은 야생 지역에서 그렇게 선언했다. 그런데 소리 없이 자기 몸체에 의문을 던지는 모스캡의 모습에 덱스는 고속도로로 돌아가 여정의 이 부분은 잊은 셈치고 싶어졌다.

모스캡이 흐려진 눈빛으로 고개를 들었다.

"내가 문제라는 느낌은 처음입니다. 별로 좋은 감정이 아니란 걸 알았습니다."

"가고 싶어요? 진심이에요. 미안해요. 더 일찍 말했어야 하는데, 내 탓이에요. 꼭 갈 필요는……."

"아뇨, 가야 합니다."

모스캡이 단호하게 말했다.

"나는 인류를 만나러 왔고, 당신이 설명한 그 사람들도 똑같은 인류의 일부입니다. 재미있는 부분만 받아들인다면 별로 좋은 연구가 아닐 겁니다."

덱스 마음속에 작은 존경의 불꽃이 깜빡였다. 그네는 손을 뻗어 로봇의 손목을 꽉 잡았다.

"좋아요. 하지만 전부 당신이 결정해요. 마음이 바뀌는 순간 떠나는 거예요."

모스캡이 덱스의 손을 토닥였다.

"동의합니다."

"그리고 자신이 문제라고 생각하지 말아요."

덱스가 보호하려는 말투로 말했다.

"그들이 당신을 불편해한다면, 그건 그들 탓이에요. 그리고 당신 개인적인 문제도 아니죠. 그들은 그저…… 당신이 누군지 이해 못 하는 거예요. 아니면 자신들의 믿음에 당신을 끼워 맞추지 못해 두려운 거예요. 미지의 상대는 우리를 바보로 만들기도 하니까요."

모스캡이 진지하게 생각했다.

"엘크처럼."

"네?"

"엘크도 로봇을 이해하지 못합니다. 우리를 보면 엘크들이 혼란해하며 두려워해서…… 음, 불쾌하게 굴기도 합니다."

모스캡이 고개를 끄덕였다.

"엘크에게는 기분 상한 적 없습니다. 내가 다가가는 대신 그들이 오게 해야 합니다."

그것의 눈이 조금 밝아졌다.

"그건 이해합니다."

그것은 고개를 돌려 덱스를 똑바로 봤다.

"엘크에게 공격당한 적 있습니까, 덱스 수도자님?"

"아… 아뇨."

모스캡이 바다를 응시했다.

"음. 추천하진 않습니다."

로봇 정신과 인간 정신 사이에는 중요한 차이가 있었고 덱스는 지난 몇 달간 그것을 잘 알게 됐다. 새롭고 흥미로운 것이 나타날 때마다 산만해지긴 했지만 모스캡은 한 가지 일에 휴식 없이 무한히 집중할 수 있었다. 덱스가 스스로를 아무리 태평스러운 사람이라 여겨도 야생 속에 자기 집단을 가지고 석순이 형성되고 묘목이 자라는 것을 지켜보는 존재와 경쟁할 수는 없었다. 거기 비하면 인간 정신은 끊임없이 지루해했다. 아랫마을에서 아무도 찾아오는 사람 없이 하루가 느릿느릿 지나가자 덱스 역시 마찬가지였다. 시간을 보내기 위해 그네는 자전거를 청소했다. 점심 식사를 준비했다. 메시지에 답장도 썼다. 마차 안에서 키우는 허브를 돌보고 잠시 낮잠을 잔 뒤 몇 주간 신경 쓰이던 찬장도 정리했다.

반면 모스캡은 의자에 앉아 있었다. 책을 읽지도, 별로 말을 하지도 않았다. 움직이는 것 같지도 않았다. 그저 오지 않을지도 모르는 사람들을 참을성 있게 기다렸다.

마침내 어떤 이가 올 때까지.

한 사람이 절벽 쪽 길을 따라 걸어서 다가왔다. 날씬한 몸에 희끗희끗한 머리를 단정히 땋은 중년이었다. 그네는 습한 공기를 막기 위해 손뜨개 스웨터를 입었지만 발가락이 드러나는 물고기 가죽 신발을 신어 우스꽝스러운 대조를 이뤘다. 덱스는 그네가 다가오자 손을 흔들었고 조용한 대기 상태였던 모스캡 역시 순식간에 흥분해 활기를 띠면서 따라 했다. 그네는 로봇의 모습을 살피느라 잠시 멈춰 눈썹을 치켜뜨더니 고개를 끄덕였다. 제아무리 독특한 일도 당연히 받아들이는 사람 같았다.

"안녕하세요. 부디 어서 오세요."

덱스는 차를 낼 때와 비슷한 상태가 되어서, 능숙하게 미소를 지으며 다정하게 행동했다.

낯선 사람은 내내 태연히 모스캡을 보며 다가왔다.

"음, 대단하군요, 그렇죠?"

"모스캡이라고 합니다."

로봇이 정중히 고개 숙여 인사했다.

"그리고 여긴 제 친구 덱스 수도자입니다."

"둘 다 만나서 반가워요. 에이버리라고 합니다."

"와 주셔서 감사합니다, 에이버리 씨."

덱스가 분위기를 적당히 맞추되 더 이상은 덧붙이지 않고 말했다. 그네는 그런 만남을 수없이 겪으면서 자신의 역할은 이후 대화의 장해물을 치우는 것뿐이며 꼭 필요한 때만 말해야 함을 깨달았다. 그네는 일종의 통역사가 되었다. 보호자. 양치기. 모스캡이 길에서 벗어나지 않도록 하고 분위기가 너무 어색해지면 개입했지만 궁극적으로 그 순간의 주인공은 덱스 자신이 아니라 모스캡과 상대방이었다. 어떤 면에서 덱스는 소명 덕분에 그 일에 잘 대비할 수 있었다. 타인이 자신을 탐색하도록 자리를 마련하는 것이 수도자의 일이었다.

에이버리 씨는 가방에서 가죽 물통을 꺼내더니 뭔지

몰라도 내용물을 한 모금 쭉 마셨다.

"저 길은 항상 내려갈 때가 편하죠."

그네는 모스캡을 봤다.

"그 금속 발로 가파른 길을 어떻게 오르나요?"

"잘 오릅니다. 발은 마찰력이 뛰어나고 균형 감각도 최상입니다."

"다행이군요. 초대를 하려고 왔으니까요."

에이버리 씨가 물통 뚜껑을 닫더니 가방에 도로 넣었다.

"내려와서 나와 함께 낚시를 하겠어요? 부두에서요. 배를 탈 필요는 없어요."

그 말에 덱스는 깜짝 놀랐다. 그네는 모스캡의 반응을 따르려고 봤다.

모스캡은 미소를 지었지만 머리가 윙윙거렸다.

"네, 함께하고 싶습니다. 하지만 저는 뭔가를 사냥하는 일에는 참여하지 않습니다. 저도…… 거들어야 합니까?"

에이버리 씨가 어깨를 으쓱였다.

"뭐든 편하게 해요. 낚싯대를 빌려줄 수도 있고 그냥 앉아서 구경만 해도 되고. 다 좋으니까요."

그네는 덱스를 봤다.

"수도자님도 마찬가지입니다."

"저는 낚시를 잘 못합니다. 하지만……."

그녀는 모스캡과 눈을 마주치고 그날을 그렇게 보내기로 정했다.

"네. 합시다."

절벽 아래로 내려왔을 때 마을의 문이란 문은 다 닫혀 있었다. 모든 주택은 모래사장에서 높이 솟은 기둥 위에 서 있었지만 창문을 통해 사람들의 움직임이 보였다. 모스캡이 다가가자 커튼이 닫혔다. 다른 집에서는 유리창에 얼굴을 붙이고 있던 아이 둘을 몸집이 더 큰 사람이 쫓아냈다. 덱스는 모스캡이 알아차리지 않기를 바랐지만 얼마 안 가 로봇의 눈이 흐릿하고 멍해졌다. 그 모습에 덱스는 손을 뻗어 모스캡의 손을 꼭 잡고 에이버리 씨를 따라 부두로 갔다. 로봇들은 서로 손을 잡지 않는 것을 덱스도 알았지만 인간은 그렇게 했고 모스캡이 금속 손가락에 힘을 주어 반응하는 것으로 보아 그 행동의 의미를 이해하는 것이 분명했다.

에이버리 씨는 바닷가로 다가가며 고개를 살짝 저었다. 그녀는 마을 사람들이 못마땅한 표정으로 말했다.

"무시하세요. 여기가 그들의 고향이듯 내 고향이기도 해요. 그리고 난 당신들을 부르고 싶어요."

그네는 모스캡의 눈을 봤다.

"우리가 그다지 친절하지 못하죠?"

"음…… 조금 기운이 빠집니다."

모스캡이 솔직하고 차분하게 말했다.

"덱스 수도자님 말대로 기분 나빠하지 않으려고 노력 중이지만, 힘든 하루가 될 것 같긴 합니다."

에이버리 씨가 공감하는 미소를 지었다.

"오늘은 아직 안 끝났어요."

셋이 부두에 도착해 흩어진 돌을 밟고 비바람에 낡은 목재 발판에 올라섰다. 그 구조물 끝에 낚시 도구 한 더미와 세 개의 방석이 나란히 놓여 있었다. 그것들의 주인은 초대가 받아들여질 것을 예상한 듯했다.

에이버리 씨는 낚싯대 쪽으로 손바닥을 펼쳤다.

"음, 어떤가요, 모스캡? 한번 해 볼 건가요, 아니면 구경만 할래요?"

"구경하겠습니다. 감사합니다."

"좋아요."

에이버리 씨는 낚싯대 두 개를 들어 하나를 덱스에게 내밀었다.

"수도자님?"

덱스는 그것을 받아 손으로 광택을 낸 나무를 쓰다듬

었다. 그런 낚싯대는 처음이었지만 기능은 인쇄해서 만든 것과 다를 바 없었다. 낚시는 그렇게 복잡하지 않았다.

모스캡이 에이버리 씨 낚싯대 쪽으로 흥미를 갖고 다가갔다.

"어떻게 작동하는 겁니까?"

"여기 미끼를 걸어요."

에이버리 씨가 낚싯바늘을 들며 말했다.

"그리고 물에 던지고…… 기다려요."

"뭘 기다립니까?"

"물고기가 바늘을 물기를 기다리죠."

"알겠습니다. 확실합니다. 도구가 이 일을 더 쉽게 만들지 않습니까? 곰들이 하루 종일 입을 벌리고 물속에 서 있는 걸 보면 늘 측은했습니다. 어린 곰들은 굉장히 실망한 표정을 짓곤 합니다."

그것이 더 바짝 다가와 바늘을 살폈다.

"미끼는 무엇입니까?"

에이버리 씨는 위에 구멍이 뚫린 작은 상자를 집어 들더니 뚜껑을 열어 모스캡에게 보여 줬다.

"오! 자주지렁이!"

모스캡이 놀란 탄성을 올렸다.

꿈틀거리는 지렁이 뭉치에 로봇이 보이는 반응에 에이

버리 씨가 웃었다.

"알고 있군요?"

"네, 하지만……."

모스캡은 바위 해안에 서 있는 마을을 돌아봤다.

"지렁이를 어디서 구합니까? 지렁이는 숲에 사는데. 표층토에 삽니다."

"집에 지렁이가 한 통이 있죠. 내 음식 찌꺼기를 먹이고, 먹을 것을 더 구하는 데 이용해요."

"지렁이를 양식하는 겁니다."

모스캡이 확인하느라 천천히 말했다.

"통에서."

"그렇군요, 네."

"그다음 낚싯바늘에 걸고."

그것이 고개를 들었다.

"산 채로 말입니까?"

에이버리 씨가 끄덕였다.

"물고기의 관심을 끌기 가장 좋은 방법이죠."

모스캡은 실망감에 머리를 윙윙거리며 생각에 잠겼다.

"몹시 혼란스러운 삶과 죽음일 겁니다."

덱스는 실존적 위기에 빠지기 전에 손을 뻗어 상자에서 지렁이를 잡았다. 그네는 소리 없이 사죄하며 바늘에 미끼를 걸었다.

셋은 방석에 앉았고 모스캡 자리는 가운데였다. 그것은 에이버리 씨와 덱스가 낚싯줄을 아래 철썩이는 바다에 던지는 모습을 유심히 봤다.

"얼마나 걸립니까?"

"필요한 만큼 걸리죠. 그래서 대화할 상대와 하면 좋아요."

에이버리 씨는 편안히 앉아 모스캡에게 미소를 지었다. 그네는 낚싯대를 무릎 사이에 끼우고 손을 뻗어 잘 정리된 장비 중에서 낡고 찌그러진 물통을 들었다.

"차 마실래요, 수도자님? 수도자님의 차와는 비교도 안 될 터지만……."

"아, 아뇨, 좋습니다. 감사합니다."

에이버리 씨는 물건이 든 꾸러미에서 나무 컵 두 개를 꺼내더니 차를 따르기 시작했다.

"그럼, 여기 오기 전에 어디 어디 갔어요?"

"마지막으로 스틸헤드에 갔습니다."

"그럼 해안에선 우리가 처음인가요?"

"네."

에이버리 씨는 덱스에게 가득 채운 잔을 건네며 끄덕였다.

"어디로 가나요?"

"이곳 영역을 가로질러 남동쪽으로 계속 갈 겁니다. 그리고 슈러브랜드를 통과해서 시티로 갑니다."

"시티 고속도로로 갈 건가요, 26번 도로로 갈 건가요?"

모스캡이 대답을 구하며 덱스를 봤다.

"아마 26번 도로로 갈 것 같아요."

덱스가 한 손에 낚싯대를, 다른 손에 잔을 들고 말했다. 그네는 식어 가는 차의 향을 들이쉬고 꿀벌초와 라임잼 냄새를 곧 알아차렸다.

"그쪽이 더 오래 걸리지만 자전거 타기에 좋으니까요."

"그렇죠. 26번 도로 그린벨트는 이맘때 아름다워요. 하지만 늪지대매를 조심해야 해요. 가까이 다가가면 사납게 구니까."

"오, 그렇습니다. 저는 검은부리매와 개인적으로 더 친하지만 둘은 밀접하게 관련되어 있습니다. 둥지를 짓는 곳을 지나갈 때면 고개를 숙이고 피한 적도 여러 번 있었습니다. 매들은 확실히 눈을 공격하길 좋아하지 않습니까?"

에이버리 씨가 웃었다.

"그렇더군요."

모스캡이 잠시 생각했다.

"에이버리 씨, 괜찮으시다면 궁금한 것이 있습니다."

"괜찮아요."

무슨 이야기인지 말하기 전에 그녀가 대답했다.

"슈러브랜드의 그린벨트를 잘 아시는 것에 조금 놀랐습니다. 제가 알기로 이곳 공동체 사람들은……"

"은둔자라고요?"

"*배타적*이라고 말하려고 했습니다."

에이버리 씨가 다시 웃었다.

"그렇죠. 하지만 우리에겐 '소요'라는 게 있죠. 우리 마을에서 이제 그것을 하는 사람은 나뿐이지만, 없는 건 아니죠."

"소요가 뭡니까?"

모스캡이 덱스에게 다가가며 물었다.

"이곳 전통이에요. 한 달 정도 주위 지역을 정기적으로 다니면서 다른 사람들이 어떻게 사는지 맛볼 수 있도록 장려해요."

그녀는 에이버리 씨를 봤다.

"옳은 대답일까요?"

에이버리 씨가 끄덕였다.

"대략 그렇죠. 나는 매년 떠나는데, 보통 26번 도로를 따라가요. 하지만 항상 그리로만 가지는 않아요. 너무 계획을 짜지 않죠. 이것저것 뒤섞는 것이 좋아요."

"어떻습니까? 다른 마을의 생활이?"

모스캡이 물었다.

"아, 아주 좋아요. 아주 편안하죠. 아주 쉽고. 가끔은 돌아오기 힘들어요."

"그래도 늘 돌아오시는군요."

"그래요."

"이유를 질문해도 됩니까? 여기 덱스 수도자님의 경우……."

로봇이 그네를 향해 고갯짓했다.

"기술의 도움이 없는 세상에서 굉장히 힘들어하기 때문입니다."

에이버리 씨가 껄껄 웃었다.

"그 말에 동의하세요, 수도자님?"

"하고말고요."

덱스가 뻔뻔하게 대답했다.

"에이버리 씨, 기분 상하라고 하는 말은 아니지만 저는 난방과 뜨거운 샤워가 꼭 있어야 해요."

"존중합니다, 그래요. 찬물 목욕을 좋아하는 사람은 없죠."

그네는 모스캡에게 시선을 돌렸다.

"하지만 제가 바로 그런 이유 때문에 타지에 갔다가 돌아오는 거예요. 나와 내 마을의 사람들은 우리가 이 세상에서 동물로서 존재하고 있다는 현실로부터 동떨어질수록, 생물 세계와의 연결성이 끊길 위험이 커진다고 믿어요. 역사는 그런 길이 어디로 향하는지 확실히 알려 주니까요."

그녀는 로봇에게 존경의 뜻을 담아 고개를 끄덕였다.

"당신에게 그 이야기를 할 필요는 없지만요."

"음, 제가 겪은 일은 아닙니다. 공장 말입니다."

에이버리 씨가 어리둥절한 표정을 짓자 덱스 수도자가 나서서 공장 로봇이 스스로를 해체하고 새로운 세대로 재조립해 영원히 살기보다는 보시 신의 순환 주기를 모방하기로 한 과정을 설명했다.

대화 중 처음으로 에이버리 씨는 깜짝 놀란 듯했지만 그것조차도 미묘하게 표현했다. 그녀는 말없이 앉아 눈썹을 치켜떴다.

"생각해 볼 문제로군요."

한참 만에 그녀가 말했다.

모스캡도 깊이 생각에 빠져 있었지만, 필시 다른 문제를 고민한 모양이었다.

"그럼 불편한 쪽을 선호합니까?"

"물론 아니죠. 하지만 지나치게 편안한 것은 존재한다고 생각해요."

그네가 씩 웃었다.

“여기 차를 내는 분은 반대할 것 같군요.”

덱스는 입술을 꾹 다물고 조심스레 단어를 골랐다.

“찾아다니는 곳마다 신념의 차이를 제가 논할 입장은 아니죠. 전 차를 내러 오는걸요.”

“외교관 같군요. 생태교파인가요?”

“아뇨, 전 본질교파예요.”

“아아.”

그것이 모두 설명해 준다는 듯 에이버리 씨가 말했다.

“나는 본질교파를 좋아해요. 물론 동의하는 건 아니지만 그쪽 방식을 높이 평가해요.”

“그…… 그게 뭡니까?”

모스캡이 물었다.

덱스는 교파의 미묘한 차이를 최대한 간단히 정리하려고 노력하며 목을 구부렸다.

“아주 간단히 말하면, 나는 비록 우리가 신들에게 가까워질 수 있지만, 그리고 그래야 하지만 신들이나 우주의 본질 전체를 이해하는 것은 불가능하므로 우리 요구에 가장 잘 맞는 사회를 건설해야 한다고 믿어요. 그리고 알레리 신의 사도로서 우리를 최대한 안전하고 편안하게 만들기 위해 원하는 것을 사용해도 된다고 생각해요. 자연 세계를 망가뜨리거나 서로를 해치지 않는다는 전제하에서요."

"알겠습니다."

모스캡은 에이버리 씨를 봤다.

"그렇다면 편안한 것을 포기하는 사람으로서 당신은 알레리 신을 어떻게 이해합니까?"

"아, 아뇨, 아뇨. 나는 그런 식으로 보지 않아요. 오히려 우리의 생활 방식은 세상이 그 자체로 얼마나 편안한지 보여 주죠. 여러 가지를 거부하면 작은 편안함이 훨씬 더 반가워져요. 겨울바람이 들이닥치는 집에 살아 보지 않으면 튼튼한 벽에 고마워할 줄 몰라요. 딸기가 열리기를 6개월이나 기다리지 않으면 그게 얼마나 달콤한지 알지 못해요. 다른 곳에서는 이 모든 작은 사치를 누리지만, 정말 필요한 건 먹을 것과 누울 곳, 함께할 사람뿐이란 걸 이해하지 못해요. 우리가 간섭하지 않아도 세상은 다른 모든 것을 제공해요."

그네는 덱스를 향해 미소 지었다.

"어떻게 생각해요, 수도자님?"

덱스도 미소를 지었다.

"인공물이 해를 미치지 않는다고 증명되었다면 어떤 인공물도 해롭지 않다고 하겠어요."

에이버리 씨는 덱스를 보며 눈을 반짝였다.

"거기 관해서 아주 좋은 토론을 할 수 있어요."

"저는 아무런……."

낚싯대가 흔들리자 덱스의 말이 뚝 끊어졌다.

"오, 이런. 모스캡, 혹시……."

그네는 잔을 로봇에게 건네고 양손으로 낚싯대를 잡고서 줄을 최대한 빨리 감았다.

"잡았다!"

에이버리 씨가 낚싯대를 무릎 사이에 다시 끼우고 장비를 뒤졌다. 그네는 그물을 꺼내 모스캡의 무릎에 기대어 덱스에게 더 다가갔다.

"미안해요, 모스캡."

"제가……."

모스캡이 움직일 것처럼 주위를 둘러보며 말을 꺼냈다.

"괜찮아요."

물속에서 당기는 물고기와 씨름 중이던 덱스가 빠르게 말했다.

몇 번 더 감고 나자 물고기가 텀벙거리며 수면 위로 드러났고 덱스가 위로 끌어당기자 갑자기 수압이 사라진 것에 몸부림쳤다. 덱스의 팔뚝보다 좀 더 길고 은빛 비늘이 반짝이는 물고기였다.

에이버리 씨는 한 손에 그물망을 들고 다른 손으로 물고기를 능숙하게 잡아 망 속에서 가만히 붙잡고 있었다.

"수도자님, 바늘을……."

덱스가 부두에 낚싯대를 내려놓고 물고기 입에서 바늘을 뺐다. 그러자 바쁘게 진행되던 움직임이 멈췄고 에이버리 씨가 뒤쪽 바닥에 그물망을 내려놓아 모두에게 잡은 물고기를 보여 줬다.

"이건……."

덱스가 입을 꾹 다물었다.

"음, 물고기로군요."

"거울등물고기죠. 아주 맛있어요."

에이버리 씨는 머리부터 꼬리까지 수평으로 이어진 갈색 줄무늬를 가리켰다.

"저건 알을 이미 낳았고 다시 낳지 않는다는 뜻이에요. 그러니 잡아도 돼요."

"아름답습니다."

모스캡은 황홀한 표정이었지만 평소처럼 기뻐하지는 않았다. 에이버리 씨와 덱스 수도자를 번갈아 봤다.

"어떻게 죽이나요?"

그 목소리에서는 슬픔이 느껴졌지만 평생 야생의 것들이 먹고 먹히는 것을 지켜봤기에 담담히 받아들이는 모습이었다.

에이버리 씨는 모스캡의 변화를 알아차린 듯 좀 더 진지한 어조가 되었다.

"음."

그네가 천천히 말했다. 그리고 잠시 덱스를 봤다. 덱스가 끄덕이며 괜찮다고 알려 주었다.

"공기에게 맡기죠."

에이버리 씨가 말했다.

모스캡은 아무 대답도 하지 않았다. 그것은 반짝이는 눈으로 물고기를 지켜보며, 쓸 수 없는 산소 속에서 경련하는 물고기의 지느러미를 살폈다. 모스캡은 보고 또 봤고 그럴수록 덱스는 물고기를 지켜보기가 힘들어졌다. 그네는 낚시를 여러 번 했고 물고기가 죽는 것을 여러 번 봤으며 셀 수 없이 많이 먹었다. 하지만 모스캡이 지켜보는 모습에 그네는 불편해졌다. 개입해서는 안 될 일을 구경하는 느낌이었다.

하지만 그것은 덱스의 일이었다. 물에 사는 물고기를 끌어낸 건 그네였다. 그네가 개입해 한 생명이 끝날 때가 되었다고 결정했다. 자신이 배고프고 자신의 생명이 그것을 필요로 한다는 이유로. 모스캡이 그렇게 꿋꿋이 지켜보는 것이 옳았다. 덱스는 그때까지 그렇게 한 적 없는 것이 부끄러웠다.

모스캡이 손을 뻗었다. 너무나 부드럽게 물고기의 죽어 가는 몸뚱이에 손끝을 올렸다. 눈에 초점이 생긴 그것은 고개를 숙이고 가까이 다가갔다.

"괜찮습니다."

모스캡이 존중과 슬픔을 가득 담은 금속성의 목소리로 중얼거렸다.

"알아요. 공평하지 못합니다. 하지만 괜찮습니다. 곧 끝날 겁니다."

에이버리 씨는 모스캡을 빤히 봤고 그녀의 눈빛도 덱스가 느끼는 것만큼 복잡했다. 그녀는 잠시 망설이더니 모스캡의 어깨에 손을 얹고 함께 물고기의 움직임이 느려지기 시작하는 과정을 지켜봤다. 덱스도 함께 하면서 자신 속에 흐르는 보시 신에게 소리 없이 기도를 올렸다. 셋은 함께 가만히 앉아 전에 존재한 적 없고 다시 존재하지 않을 어떤 것이 분투를 멈추고 최후를 맞이하는 동안 함께 기도했다.

5.
슈러브랜드

"한 번 더 복습해도 됩니까?"

"그럼요."

덱스는 햇볕에 아른거리는 그늘 속에서 페달을 밟으며 말했다.

모스캡이 자전거 옆에서 걸으며 손가락을 꼽아 가며 시작했다.

"노라와 테오는 당신 어머니와 아버지입니다."

"네."

"그들은 현재 여전히 부부 사이입니다."

"그렇죠."

"그들에게는 애비라는 파트너가 있습니다. 그녀는 당신을 키우는 데 참여하지 않았습니다."

"별로요. 애비는 내가 10대 때 들어왔어요. 하지만 우린 잘 지내요."

모스캡이 끄덕였다.

"그리고 당신 아버지에게는 재스퍼라는 파트너가 있습니다."

"아뇨. 아버지 파트너 이름은 펠릭스죠. 재스퍼는 펠릭스의 아들이에요. 재스퍼는 내 배다른 동생이고."

로봇이 실수에 얼굴을 찡그렸다.

"그리고 당신은 재스퍼와 함께 자라지 않았습니다."

"네. 내가 집을 나온 다음에 아버지와 펠릭스가 사귀게 되었고, 재스퍼는 몇 년 후에 농장에 들어가서 살게 됐어요."

모스캡의 머리가 윙윙거렸다.

"하지만 당신은 자매들과는 함께 자랐습니다."

그것이 다시 손가락을 꼽아 가며 세기 시작했다.

"바이올렛, 세이디, 그리고 당신. 그 순서입니다. 당신이 막내입니다."

"그렇죠."

"그리고 바이올렛, 아니, 세이디는 당신과 양친이 모두 같습니다. 생물학적으로 말입니다."

"네."

"바이올렛은 노라의 딸이고, 그녀의 아버지는…… 아, 이런."

"래들리요."

"래들리입니다."

모스캡이 한숨을 쉬었다.

"그래요, 그와 당신 어머니는 사귀었지만 헤어졌고, 이제 그녀는 당신 아버지와 함께이지만 그들은 여전히 좋은 친구 사이입니다."

"래들리는 간단히 말해 내 두 번째 아버지예요. 래들리와 리즈는 옆집에서 아주 오래 살았어요."

모스캡이 무슨 말인가 싶어 고개를 돌렸다.

"리즈는 누구입니까?"

"래들리의 파트너요."

로봇은 절망한 표정을 지었다.

"거기다가 부모의 형제자매와 사촌도 있습니다. 자매 두 사람 모두 파트너가 있고 각자 자녀가 있습니다."

덱스가 모스캡을 향해 씩 웃었다.

"사촌들도 마찬가지죠."

모스캡이 지친 표정으로 신음했다.

"인간이 사회적인 동물이란 건 알고 있지만, 아아, 덱스 수도자님. 나는 절대 다 익히지 못할 겁니다."

"그럴 필요 없어요. 거기는 늘 정신없는 곳이라 아무도 당신이 정확히 파악할 거라고 기대 안 해요. 두고 봐요. 아버지도 아이들 이름을 늘 헷갈리시니까요."

"좋은 인상을 주고 싶을 뿐입니다."

그것이 날아가는 새 쪽으로 고개를 돌렸다.

"당신의 가족을 만나는 것은 타인을 만나는 것과는 전혀 다른 사건입니다."

덱스가 웃었다.

"그렇다고 함께 사는 것도 아니잖아요. 적당히 해도 괜찮아요."

"그렇죠, 하지만. 오, 이런!"

걱정스러운 사실을 깨달은 모스캡의 렌즈가 휘둥그레졌다.

"선물을 안 샀습니다!"

덱스는 도로에 집중하려고 노력했다.

"선물은 뭐 하러 사요?"

"책에서 보면 그렇게 합니다. 남의 집에서 묵을 때는 말입니다. 주인에게 선물을 가져가는 것이 관습 아닙니까?"

"음…… 그렇긴 하지만……."

"선물이 필요합니다, 덱스 수도자님."

모스캡이 단호히 말하며 걸음을 멈췄다.

"선물을 하는 건 처음입니다. 어떤 물건이 적절합니까?"

그것이 가방을 열더니 뒤지기 시작했다.

"아주 멋진 돌멩이가 몇 개 있습니다. 쌍안경과는 헤어지고 싶지 않습니다. 옷핀은 어떨까요? 그들이 옷핀을 좋아할까요?"

"어쩌다가 옷핀을……."

덱스가 말하려다 그만뒀다.

"있잖아요. 가는 길에 과일 가게가 있는데, 체리 와인도 팔아요. 그것 두 병이면 좋은 선물이 될 거예요."

"오, 좋습니다."

모스캡이 말했다. 그리고 뒤지기를 멈추고 좀 더 자신 있는 걸음걸이로 걸었다.

"펩을 체리 와인과 바꾼 다음 선물하겠습니다. 하!"

"그게 왜 우습죠?"

"아주 인간적인 행동인데, 나는 인간이 아니기 때문입니다. 그리고 우스운 것이 아니라 *기쁜* 겁니다. 몸을 굴려서 늑대를 진정시키는 법이나 태양어치가 스스로를 나타내는 법을 아는 것과 같습니다."

덱스가 눈을 깜빡였다.

"뭘 하는 방법이라고요?"

"태양어치에겐 저마다 자신을 밝히는 소리가 있습니다."

모스캡이 참을성 있게 설명했다.

"말하자면 이름입니다. 그들이 소리를 내면 그곳에 있는 다른 태양어치들이 조용해지고 누가 근처에 있는지 파악합니다."

"당신도 그 방법을 알아요?"

모스캡이 환히 웃었다.

"주위에 누가 있는지 봅시다."

그것이 입을 벌리더니 까마귀가 까옥거리는 듯한 쇳소리를 머리 위의 나뭇가지 위로 울려 퍼질 만큼 크게, 오싹할 정도로 똑같이 흉내 냈다. 침묵이 이어지더니 그다지 멀지 않은 곳에서 화답하는 소리가 들려왔고, 다른 곳에서도 조금 멀지만 분명 또렷하게 들려왔다.

덱스가 웃었다.

"우와. 진짜 멋지군요."

모스캡도 그렇다고 끄덕였다. 그것은 대화를 나눈 개체를 찾는 듯 나무 쪽으로 시선을 돌렸지만 다른 것이 눈에 띈 듯했다.

"오, 아름답습니다."

"뭐가요?"

모스캡이 가리켰다.

"수관 기피는 참 놀랍지 않습니까?"

덱스는 모스캡의 말을 알아듣지 못했다.

"미안해요, *뭐가* 놀랍다고요?"

"멈추세요. 보세요."

덱스는 한숨을 쉬었지만 브레이크를 밟은 뒤 도로에 발을 디디고 고개를 들었다.

모스캡이 공중의 선을 따라 손가락을 훑었다.

"나무 꼭대기를 보세요. 뭐가 보입니까?"

"어."

덱스는 모스캡이 하는 말을 이해하지 못하고 눈살을 찌푸렸다. 당연히 가지와 잎이 있었고……

"*아.* 아, 저게……."

말없이 지켜보자 주위 광경에서 전혀 보지 못했던 것이 눈에 들어오기 시작했다.

많은 나무들이 가까이 모여 자랐지만 그 꼭대기는 서로 닿지 않았다. 누군가가 지우개로 우거진 가지를 싹 지운 듯 나무 한 그루가 저마다 파란 하늘을 경계로 삼은 작은 섬 같았다. 마치 테이블 위에 하나씩 떼어 펼쳐 둔 퍼즐 조각 같은 모습이었다. 그렇다고 나무가 건강하지 못하거나 잎이 듬성듬성 자란 것은 아니었다. 오히려 모두 푸르고 무성했으며 생기 넘쳤다. 하지만 그들은 이웃이 잘 자랄 공간이 남도록 그만 뻗어 나가야 할 지점을 정확히 알았다.*

"어떻게……."

"아무도 모릅니다. 적어도 내가 알기론 그렇습니다. 경쟁을 최소화하기 위한 것이라는 의견도 있습니다. 질병 확산을 막기 위한 것이라는 의견도 있습니다. 하지만 자라나기를 멈출 때를 어떻게 아는지 아무도 모릅니다. 신비입니다."

덱스는 그 기이한 현상을 관찰하며 마음속으로 사마파르 신을 경배했다.

"전에는 몰랐어요."

그네는 그것이 마음에 걸렸다. 그 근처가 고향 집이었다. 그 길을 수십 번 지나다녔다. 한 번 관찰하고 나니 나무들의 형태가 너무나 뚜렷하게 보였지만 그전까지는 항상 배경에 불과했다. 벽지 같았다고나 할까. 눈여겨본 적 없는 것이었다. 그러나 한 번 보고 나니 다른 것이 보이지 않았다.

"수관 기피를 몰랐다니 놀랍습니다. 당신은 식물에 대

---

* 수관 기피란 아래까지 햇빛이 잘 닿도록 일부 종의 나무들이 꼭대기 가지가 서로 닿지 않게 공간을 남기고 자라는 현상을 의미한다.

해서 아는 게 많은데도 말입니다."

"허브랑 관상식물은 잘 알죠. 나무는 이름 몇 가지 말고는 잘 몰라요."

"음, 나무의 장점이 바로 이것입니다."

모스캡이 양손을 허리에 얹고 주위를 둘러봤다.

"나무는 아무 데도 가지 않습니다. 천천히 알아 갈 수 있습니다."

집에 돌아가는 것은 언제나 낯설었다. 집에 돌아간다는 건 어느 시점엔가는 그곳을 떠났다는 뜻이고 그러는 사이 돌이킬 수 없이 변했다는 의미였다. 그렇다면 과거라는 개념 속에 늘 꼼짝 않고 있는 장소로 돌아갈 수 있다는 것이 참 신기하지 않은가. 한때 그곳에 살던 자신이 더 이상 존재하지 않는다면 그곳은 어떻게 여전히 그 자리에 있을까?

하지만 반대로 자신이 없는 사이 그 장소가 변한 것을 보면 몹시 비현실적인 느낌이 들었다. 덱스는 고향 농장으로 가는 길을 따라 가면서 매번 그런 감정을 느꼈다. 길은 같았지만 울타리는 수리되었다. 들판은 같았지만 그레이베리 덤불은 뿌리까지 잘려 있었다. 농장은 덱스를 늘 환영했지만 떠난 이후로 전 같지 않았다. 그네가 속속들이 알면서 전혀 알지 못하는 곳이 되었다.

덱스는 마지막 모퉁이를 돌자마자 마차를 멈추고 어린 시절 여러 번 올랐던 늙은 참나무 옆에 세웠다. 그네는 브레이크를 밟고 옷 가방을 들고서 마차 문을 잠갔다.

"왜 마차를 여기 둡니까?"

모스캡이 주위를 둘러봤다.

"아직 아무 건물도 안 보입니다."

"일찍 왔으니까요. 덜 일찍 도착하고 싶거든요."

"왜입니까?"

"보면 알게 될 거예요. 게다가 걷기도 좋아요. 걸어가면 농장도 더 많이 볼 수 있어요."

길은 느릿느릿 흐르는 하천처럼 구불구불 이어졌고 둘은 편안히 걸었다. 과수원을 지나치다 보니 무성한 풀숲에서 풀밭닭과 점박이 메추라기가 무성한 풀숲에서 벌레를 잡고 있었다. 목초지도 지나갔다. 무, 렌틸콩, 검은 귀리 등의 작물과 내년에 배고픈 동물들이 뜯어 먹을 토끼클로버 밑에서 흙이 쉬고 있었다. 농장의 재활용수를 마지막으로 거르는 연못을 지나가자 수다를 떨던 오리들이 놀라 백합이 가득 자라는 물속으로 자맥질했다. 덱스와 모스캡은 거기서 잠시 멈춰 파란등잠자리들이 하늘 길을 순찰하는 광경을 지켜본 뒤 계속 걸었다. 태양열 집열판과 벌집이 가득한, 일부러 돌보지 않는 들판을 지나고, 질서정연하게 모인 반구형 온실을 지나고, 작업실과 연장 창고, 뿌리 창고를 지나, 드디어 그곳 한가운데 다다랐다.

농장 한가운데 모인 집들은 그 안의 사람들만큼이나 다양했다. 나무로 지은 것도 있었지만 대부분은 옥수수자루로 지었다. 가장 오래된 집이 가장 컸다. 연륜과 위엄이 느껴지는 농장 집이 녹색 지붕과 풍력발전기를 얹고 가운데 서 있었다. 살뜰하게 가꾼 데크가 사방으로 퍼져 잠시 쉬고 싶은 사람 누구나 편히 앉을 수 있었다. 하지만 덱스와 모스캡이 다가갈 때는 밖에 아무도 없었다. 모두 실내에 있었지만 그들이 내는 소리는 바로 들려왔다.

"괜찮은 겁니까?"

모스캡이 리본을 단 체리 와인 병을 양손에 하나씩 들고 물었다.

"꽤 큰 소동이 있는 것 같습니다."

"네. 저녁 시간 같군요."

덱스가 한숨을 쉬었다.

그들이 현관문으로 이어지는 경사로를 걸어가자 기름칠이 잘된 삼나무 바닥이 쿵쿵 울렸다. 개들이 먼저 알아차리고 열린 문으로 튀어나오며 요란하게 짖어 댔다. 세

마리 모두 갈색과 검은색의 털이 덥수룩한 양치기 개였다. 일할 때는 무시무시하게 영리하고 그 밖의 시간에는 덩치 크고 둔한 녀석들이었다.

덱스는 개들이 뛰고, 핥고, 낑낑거리며 달려들 것을 예상하고 가만히 섰다.

"모스캡, 얘들은 버트, 버스터, 버디예요."

덱스는 머리를 쓰다듬고 귀를 만져 주며 말했다.

"그래, 안녕, 얘들아."

그네는 개들을 따라 나오는 사람들을 보고 문 쪽으로 시선을 돌렸다.

"그리고 여긴……."

모두 다 나와 있었다.

모인 사람들은 길가 경치만큼 덱스에게 익숙했다. 얼굴과 음성뿐 아니라, 앞치마, 작업복, 어깨에 걸친 행주, 치대야 하는 반죽이 묻은 손들, 급히 멈춘 언쟁을 하느라 상기된 뺨, 뭔가를 흘린 바짓가랑이, 저마다 인사를 외치는 음량까지 익숙했다. 하지만 울타리를 고친 것과 베리 덤불을 잘라 낸 것을 덱스가 몰랐듯이, 애비가 안경을 새로 한 것도, 펠릭스가 턱수염을 밀어 버린 것, 마지막으로 찾아온 이후 조카가 얼마나 자랐는지도 알지 못했다. 사방에서 포옹과 키스를 받는 동안 옛것과 새것이 뒤섞여 덱스를 압도했고, 그네는 이어지는 대화의 바다에서 익사하지 않으려고 최선을 다했다.

일찍 왔네! 오는 동안 어땠어? 간식 먹을래? 샤워할래? 어떻게 지냈니, 얘야, 정말 오랜만이다! 마차는? 차는 가져왔니? 지난번보다 살이 빠졌구나. 잘 먹고 있는 거야? 뉴스에서 네 사진 봤어! 대단하지 않아? 새 창고는 봤니? 새 염소는? 새 바람개비는? 정말 간식 필요 없어? 버스터, 앉아! 여기 있는 동안 머리 자를래? 지금 모습이 나쁜 건 아니지만, 그저 조금 다듬는 게…….

덱스는 애정 가득한 공격 속에서 모스캡 역시 같은 취급을 받고 있음을 깨달았고 희한하게도 마음이 놓였다. 그네는 자기 가족이 로봇에게 어떻게 반응할지 알 수 없었고 가는 곳마다 마주친 사람들처럼 아무 말 없이 구경만 할 것인지 의아했다. 하지만 덱스의 가족은 독특한 손님에 대해 느끼던 긴장을 일찍이 풀었고, 모스캡 역시 갓 도착한 여느 손님처럼 대했다.

온 세상 신들이시여, 어디 좀 봅시다! 어서 오세요! 정말 반가워요. 만져 봐도 되나요? 괜찮아요? 여행은 어땠어요? 오, 세상에, 빈손으로 와도 되는데. 정말 친절하네요. 먹지는 않지요? 동력은요, 동력이 필요해요? 그러면 어딘가에 연결해도…… 오, 자가 충전이 된다고요, 멋지군요.

내일 염소 보러 갈래요? 꿀벌은요? 원하면 벌집을 열어 볼 수 있어요. 앉을래요? 뭘 내야 할지 모르겠네요. 키가 참 크네요! 덱스가 잘 먹던가요? 살이 빠진 것 같은데.

덱스의 짐작대로 새로운 손님에게 집중됐던 모두의 결집력은 곧 분산되기 시작했다. 주방에서 타이머가 울렸고 한 아이가 다른 아이의 장난감을 빼앗았고 하고 있던 언쟁이 기억났고 개들이 서로 얼굴을 물기 시작했고 등등의 이유였다. 사람들은 하나씩 이전에 준비하던 것으로 돌아갔고, 두고 온 일에 별로 관심이 없는 이들만 남았다. 아이들이었다.

아이들 몇 명이 눈을 크게 뜨고 깔깔거리며 모스캡 주위에 모였다. 모스캡은 배운 대로 무릎을 꿇고 가장 보기 좋은 미소를 지었다.

"여러분의 질문에 기쁘게 대답하겠습니다."

아이들은 처음에는 조용했지만 한 명이 용기를 냈다.

"날 수 있어요?"

"아뇨."

"곰이랑 싸울 수 있어요?"

다른 아이가 물었다.

"해 본 적 없습니다. 어째서 곰과 싸우고 싶겠습니까?"

"로봇을 잡아먹는 것도 있어요?"

하나가 물었다.

"아뇨."

"우리는 로봇을 먹을 수 있어요?"

자기 질문이 재미있다고 생각하는지 아이가 웃어 댔다.

모스캡의 눈이 살짝 염려하며 변했다.

"……네?"

덱스는 데크 난간에 기대어 뒤에서 일의 양상을 지켜보고 있었다. 손 하나가 어깨를 다정하게 만졌고, 그네는 돌아보기 전에 누군지 알았다.

"엄마."

덱스가 머리를 기대며 말했다.

"왔니, 얘야."

어머니가 고개를 돌려 그네의 정수리에 입 맞추며 말했다.

"정말 반갑구나."

어머니는 한 팔로 덱스를 안았다. 반대쪽 허리에는 가족의 새로운 일원, 샬럿이 안겨 있었다. 아기는 할머니의 튼튼한 작업복 어깨끈을 신이 나서 물어뜯고 있었다. 샬럿은 덱스를 보고 호기심에 옹알이했고 덱스의 어머니는 둘을 향해 미소 지었다.

"조카에게 인사할래?"

"아, 물론이죠."

덱스가 아기를 안으며 말했다.

"온 세상 신들이시여, 샬럿, 정말 많이 컸구나!"

샬럿이 자기 이름을 듣더니 잇몸을 드러내며 웃었고 그러느라 웃옷에 침을 흘렸다.

아이들은 여전히 모스캡에게 예측불허의 질문을 던졌지만 로봇의 시선은 덱스가 품에 안은 작은 아이에게 꽂혔다. 덱스는 모스캡의 관심을 알아차렸고 모스캡과 아기가 만나는 것을 본 적 없음을 문득 깨달았다. *그럴 수가 있었을까?* 그녀가 생각했다. 분명 찾아간 마을에는 아기들이 있었다. 샬럿이 판가의 유일한 아기는 아니었다. 하지만 그제야 생각해 보니 모스캡이 아기와 가까이 있었던 모습이 기억나지 않았다. 로봇의 표정을 보니 간절히 그러고 싶은 모양이었다.

덱스가 몇 발자국 다가갔다.

"아기 안아 보고 싶어요?"

"아, 네."

모스캡은 다급하게 느껴질 정도로 진지하게 말했다.

"하지만 방법을 모릅니다."

"내가 알려 줄게요."

덱스는 부드럽게 아기를 자기 품에서 모스캡에게 넘겼

고, 받쳐 주는 법을 알려 줬다. 지난번에는 샬럿이 머리를 가누지 못했지만 지금은 쉽게 가누고 있었고 자신을 받은 것이 무엇인지 고개를 돌려 보더니 아무 소리도 내지 않았다.

모스캡 역시 조용했지만 머릿속 기계 장치는 흥분을 드러냈다.

둘은 눈을 동그랗게 뜨고 입을 벌린 채, 놀라 어안이 벙벙한 채로 서로를 마주 봤다. 잠시 후 샬럿이 손을 뻗어 모스캡의 얼굴을 통통한 손가락으로 쳤다.

"오! 안녕하세요!"

모스캡이 놀라며 말했다.

아무도 알 수 없는 이유로 샬럿은 말하는 기계가 재미있다고 여겼고, 키득거리며 손으로 금속판을 조금 더 세게 쳤다.

덱스의 어머니가 웃었다.

"샬럿이 당신을 좋아하는 모양이네요."

"어떻게 압니까?"

샬럿이 다시 키득거렸다.

"오, 알겠습니다."

모스캡이 그 새로운 행동을 알아차리고 흥분해서 속삭였다.

"그래요, 나도 좋습니다."

덱스의 어머니가 덱스와 눈을 마주쳤다.

"잠깐만 샬럿을 둘에게 맡겨도 되겠니? 주방에 일손이 모자라."

덱스가 고마운 표정으로 어머니를 봤다. 어머니는 덱스가 가족과 떠들썩한 시간을 다시 갖기 전에 잠시 숨을 돌리고 싶어 하는 것을 알고 있었다.

"네, 여기서 돌볼게요."

그네는 미소를 지으며 말했다.

그네의 어머니가 끄덕였다.

"그러렴, 모두들. 감자 백만 개는 씻어야 해. 그만 들어가자."

그녀는 손뼉을 쳐서 아이들의 시선을 사로잡으며 말했다.

몇 명이 투덜거리기는 했지만 모두 덱스의 어머니를 따라 안으로 들어갔고, 모스캡과 덱스만 조용히 남았다.

"굉…… 장합니다."

모스캡이 소리 죽여 말했다. 그것은 놀란 내색을 감추지 않고 샬럿을 훑어봤다. 샬럿은 계속 키득거리더니 한순간에 멈추고 발버둥을 치면서 칭얼거리기 시작했다. 모스캡은 제정신이 아니었다.

"내가 무슨 짓을 한 겁니까?"

"그런 게 아니에요. 아기들은 뭔가 원하면 원래 이래요."

"뭘 원합니까?"

덱스가 아기가 포동포동한 발로 발버둥 치는 것을 봤다.

"내려놔 달라고 하는 것 같네요."

모스캡이 덱스를 봤다.

"확실하게는 모릅니까?"

"음, 몰라요. 말을 못 하니까. 짐작해야 해요."

"틀리면 어떻게 됩니까?"

"그럼 아기가 울 테니, 다른 걸 시도해야죠."

모스캡은 아주 조심스럽게 쪼그리고 앉아 샬럿을 데크에 발부터 내려놓기 시작했다.

덱스가 손을 들어 막았다.

"오, 아뇨. 아직 어려서 서지 못해요. 엎드리게 해서 손도 바닥에 닿도록 해요."

"아."

모스캡은 손의 각도를 바꾸어 아기를 유리 인형처럼 내려놓았다. 그리고 살그머니 아기에게서 손을 뗐다.

샬럿은 곧바로 칭얼거리기를 멈추더니, 기분 좋게 옹알거리며 기어서 앞으로 나아가기 시작했다.

모스캡이 놀라서 웃었다.

"기고 있습니다!"

"네."

덱스가 재미있어서 눈썹을 치켜뜨고 건조하게 대답했다.

"아기들은 저러죠."

"모든 아기 인간이 이렇게 합니까?"

"보통의 신체를 가진 경우면 그렇죠."

모스캡이 아기를 가리켰다.

"당신도 이렇게 했습니까?"

"그렇다고 하더군요."

"기억을 못 합니까?"

덱스가 웃었다.

"아기에 관한 책을 한 권 읽어 봐요. 우리는 태어난 뒤 처음 몇 년은 기억하지 못해요."

모스캡이 그 말에 빤히 봤다.

"대체 왜입니까?"

"그……."

덱스가 말을 멈췄다.

"글쎄요. 우리 뇌가…… 그런 걸 저장하지 않아요. 물리적으로 못하는 것인지는…… 잘 모르겠군요."

그네는 집을 가리켰다.

"저기 누군가에게 물어봐요."

모스캡은 샬럿이 데크 주위를 특별한 방향 없이 기어

다니는 모습을 계속 지켜봤다.

"당신은 *이제* 이런 식으로 이동하지는 않습니까?"

덱스의 눈썹 한쪽이 더 높이 올라갔다.

"내가 *기어*다니는 걸 본 적 있어요, 모스캡?"

"아뇨. 하지만 할 수는 있습니까?"

"음, 네. 기어다닐 수 있죠."

모스캡이 눈부시게 빛나는 눈으로 덱스를 봤다.

"기어 보겠습니까?"

"지, 지금요? 아뇨."

로봇은 그 말에 조금 실망했지만 더 조르지는 않았다. 그것은 데크에 앉아서 여기저기 가고 싶어 하는 아기를 지켜봤다.

"만약 당신 말이 사실이라면…… 이 아이는 나를 기억하지 못할 겁니다. 이 순간을 기억하지 못할 겁니다."

"그럴 거예요. 하지만 아이가 나이가 들면 우리가 이야기해 줄 거예요."

모스캡의 목소리에서 실망한 기색이 느껴졌다.

"참 슬픕니다. 이미 내게 상당히 중요한 일인데 말입니다."

덱스가 주머니에 손을 넣어 컴퓨터를 꺼내며 말했다.

"자. 아기를 안아요. 둘의 사진을 찍어서 샬럿에게 나중에 보여 줄게요."

"아. 참 좋은 생각입니다."

모스캡은 샬럿에게 손을 내밀다가 멈췄다.

"아기가 안아 주는 것을 원합니까?"

"이제 알게 될 거예요."

샬럿은 싫어하지 않았다. 샬럿은 다시 모스캡의 얼굴에 손을 뻗어 반짝이는 렌즈를 붙잡으려고 했다.

"아이에게 사진을 꼭 줄 거죠? 그래서 아이가 기억하기 시작하면, 우리가 이미 친구 사이였다는 걸 알도록?"

모스캡이 눈을 때리는 통통한 손가락에 개의치 않고 물었다.

덱스가 미소 지었다.

"네."

그녀는 컴퓨터의 카메라를 켜고 초점을 맞췄다.

"꼭 그럴게요."

모든 집들이 나눠 쓰는 꽃 정원에는 큰 나무 식탁 네 개가 있었고, 이처럼 이른 추수기 저녁에는 모두 그곳에 자주 모였다. 덱스는 지금처럼 식탁에 음식과 사람들이 꽉 차는 것에 익숙했다. 덱스가 익숙하지 않았던 것은 대화의 주제가 하나이며 그 중심에 자신이 있는 상황이었다. 나쁘지는 않았지만 어색했고 덱스는 자신을 비추는 스포트라이트를 어떻게 해야 할지 알 수 없었다. 평소 맡는 역할이 아니었다. 갈팡질팡 어쩔 줄 몰랐다.

그것만 제외하면 저녁 식사는 더할 나위 없이 완벽했다. 외투가 필요 없을 만큼 날씨가 따뜻했지만 날이 저물면 공기가 차가워져 숨쉬기 편안했다. 음식은 언제나 그렇듯 굉장했다. 가축을 최근에 잡지 않아 식탁 위의 모든 것이 땅이나 나무에서 나온 것이라서 화가의 팔레트만큼이나 알록달록한 야채와 과실과 씨앗으로 가득했다. 덱스는 모스캡에게 음식을 조금 나눠 준 뒤 다시 받아서 먹는 요령을 가족에게 알려 줬다. 모두 그 방법에 만족했다. 특히 손님 앞에 빈 접시를 두지 못하는 덱스의 부모님이 그랬다.

식사가 최고조를 지나자 모스캡은 식탁에서 식탁으로, 의자에서 의자로 다니며 모두에게 질문을 했다. 로봇은 사람들의 대답을 휴대용 컴퓨터에 저장하는 습관을 가졌고 진지하게 듣고 열심히 타자하며 취재 중인 기자처럼 세상을 탐구했다.

덱스는 모스캡이 흐름을 타기 시작하면 자신의 도움을 필요로 하지 않는다는 것을 경험으로 알았고 식사를 마치자 잠시 익숙한 장소에 있고 싶었다. 그네는 얼음 채운

통에서 맥주 두 병을 들고서 마찬가지로 주변부를 애호하는 사람을 향해 느긋이 걸어갔다. 바로 아버지였다. 아버지는 난간에 팔을 걸치고 손을 맞잡는 그 특유의 자세로 석양 속에 떠다니는 반딧불을 보고 있었다.

"한 병 더 하실래요?"

덱스가 맥주를 들며 물었다.

"너도 마시면 마시지."

아버지가 말했다. 그리고 맥주를 받더니 덱스가 든 병에 살짝 부딪히고 덱스의 어깨를 다정하게 감싸 안고는 원래 자리로 돌아갔다. 둘은 맥주를 마시며 아무 말도 하지 않았고, 그 상태가 매우 편안했다.

"울타리를 고치셨더라고요."

잠시 뒤에 덱스가 말했다.

"응. 몇 주 전에 재스퍼와 함께 고쳤어. 이제 좀 볼만하지 않니?"

"네, 좋아요."

아버지는 맥주를 한 모금 마시더니 기분 좋은 한숨을 내쉬었다.

"우리에게 시간을 내 줘서 고맙다. 네가 하는 일이 힘든 거 알아."

"뭐, 당연한 일이죠. 아버지만 빼고 모스캡을 소개할 리가 있나요."

"로봇을 만나는 일은 신경 안 쓴다, 녀석아."

아버지가 잠시 생각하더니 말했다.

"아니, 로봇을 만나고 싶긴 했지만 네가 돌아와서 기쁘구나."

그 로봇은 잠시 후 그날 일을 마치고 휴대용 컴퓨터를 가방에 넣으며 다가왔다.

"내가 방해하는 겁니까?"

모스캡이 몇 발자국 앞에서 멈추며 물었다.

"전혀 아니에요. 맥주는 권할 수 없지만. 그렇죠?"

덱스의 아버지가 말했다.

"권할 수는 있습니다. 하지만 저는 그것을 마실 수 없습니다."

"당신 몸속에 좋을 리가 없겠죠."

"아, 제 몸속은 상관하지 않을 겁니다. 저는 방수가 됩니다."

모스캡이 라탄 의자에 앉으며 말했다.

"그래요? 참 편리하겠군요."

덱스의 아버지가 재미있어하며 눈썹을 치켜떴다.

모스캡의 렌즈가 수축하더니 웃음을 터뜨렸다.

"왜요?"

덱스가 말했다.

로봇이 신이 나서 손가락으로 가리켰다.

"당신도 똑같이 합니다. 눈썹으로. 그런 표정을 지으면 아버지와 똑같습니다. 하!"

그것이 두 손을 모아 손뼉을 쳤다.

"유전학이란 참 유쾌합니다."

덱스와 아버지는 마주 보고 함께 웃기 시작했다.

"이 애에게 늘 나는 유쾌한 유전자를 가졌다고 했죠."

아버지가 맥주병으로 덱스를 가리키며 농담했다.

"그걸 드디어 인정받으니 기쁘군요."

그는 둘을 번갈아 보고 따뜻하게 미소 지으며 고개를 저었다.

"둘이 우연히 마주쳤다니 정말 믿을 수가 없군요."

그는 맥주를 한 모금 더 마시고 덱스를 봤다.

"경계 지역에서 야영을 했다고?"

덱스는 보통 거짓말을 좋아하지 않았다. 도움이 필요한 극히 일부를 제외하고는 거짓말을 좋아하는 사람이 있기나 할지 상상도 안 갔지만 뒷맛이 씁쓸하리라는 것을 잘 알면서도 그네는 사실이 아닌 대답을 해 버렸다.

"네."

덱스는 들판 쪽을 바라보며 말했다.

"네, 고속도로에서 이틀 정도 벗어나 쉬고 싶었어요."

그 말에 모스캡의 렌즈가 변했다.

이따금 혼자 텐트에서 하룻밤을 보내곤 하는 덱스의 아버지는 이해한다는 듯 끄덕였다.

"너에 대해서 미친 헛소리를 묻는 사람이 있어서. 네가 앤틀러스 산맥까지 갔다는 둥."

그가 웃었다.

"장터에서 *네* 소문을 들으면 기분이 이상하거든."

덱스는 모스캡이 자신을 빤히 보며 소리 없이 질문하는 것을 느꼈다. 그네는 무시했다.

"네, 음, 사람들이 그러는 거 아시잖아요."

그네는 어깨를 으쓱이며 태연히 맥주를 마셨다.

덱스의 아버지도 한 모금 들이켜더니 모스캡에게 물었다.

"그럼! 내일은 시티로 가는 건가요?"

"그럴 계획입니다."

"퍼레이드를 한다는 게 정말인가요?"

그 말을 들은 덱스가 천천히 대답했다.

"아, 저는 몰랐는데요."

온 세상 신들이시여, *설마* 사실은 아니겠지요?

"흐음. 그런 이야기를 하는 걸 들었다만…… 그거야 뭐, 누가 알겠니?"

아버지가 어깨를 으쓱이더니 모스캡을 다시 봤다.

"그럼, 그다음엔 뭘 할 건가요?"

모스캡이 고개를 갸우뚱했다.

"네?"

덱스는 모스캡이 예상하지 못한 질문에 그렇게 반응한 것을 알았지만 아버지는 모스캡이 제대로 듣지 못한 것으로 이해했다.

"시티에 간 다음에는 뭘 할 거예요?"

그는 예의 바르게 다시 묻고는 덱스 쪽으로 고갯짓했다.

"저 애가 당신을 집으로 안내할 건가요, 아니면 혼자서 돌아갈 건가요?"

"아."

모스캡이 말을 멈췄다.

"시…… 실은, 아직 의논하지 않았습니다."

"그때 가서 생각해 보려고요."

덱스가 엄지손톱으로 맥주병의 레이블을 뜯으며 말했다.

"거기서 얼마나 있을지 몰라서……."

그네는 말끝을 흐렸다.

"시티에 마지막으로 간 게 언제였지?"

"어……."

덱스가 기억을 더듬었다.

"1년쯤 전에요."

"친구랑 만날 계획은 있니?"

"글쎄요. 여기저기서 사람들은 만날 테지만 너무 바빠서 말이에요."

"거기서 차도 낼 거니?"

덱스는 그 질문도 달갑지 않았지만 그 대답은 거짓 없이 피할 수 있었다.

"아뇨, 차는 한동안 내지 않았어요."

덱스가 모스캡을 가리켰다.

"우리가 만난 이후로."

아버지가 조금 놀란 표정으로 눈을 깜빡였다.

"전혀? 둘이 찾아간 곳마다 차를 낸 줄 알았구나."

"네. 우린, 음…… 말씀드린 것처럼. 바빴어요."

덱스는 맥주를 한 모금 더 마시고 반딧불에 집중했다.

놀랍게도 모스캡이 재빨리 중재할 기회를 잡았다.

"덱스 수도자님은 훌륭한 안내자 역할을 해 줬습니다. 이곳 사회가 어떻게 돌아가는지 제게 전부 알려 주는 데 많은 시간을 쓰고 있습니다. 제가 이해하지 못한 것이 굉장히 많습니다. *아직*도 이해하지 못하는 것이 많습니다. 수도자님 없이 이 일을 어떻게 했을지 모르겠습니다."

덱스의 아버지는 애정과 따스함이 가득한 표정으로 그

네를 봤다. 그는 손을 뻗어 어릴 때처럼 그네의 머리를 마구 헝클어뜨렸다.

"윽, 그만하세요."

덱스가 수줍게 미소 지으며 말했다.

"대단한 일을 하고 있구나. 우린 정말 뿌듯하다."

아버지는 진지하게 말한 뒤, 맥주병으로 모스캡을 가리켰다.

"참, 그러니 생각났네. 질문이 있어요."

"네, 테오 씨. 뭐든지 질문하세요."

덱스의 아버지는 말없이 로봇을 살폈다.

"당신의 질문을 하고 싶어요."

모스캡의 렌즈가 한 번 열리더니 닫혔다.

"무슨 말씀입니까?"

"로봇들은 무엇이 필요한가요?"

덱스의 아버지가 물었다. 앞에 선 로봇에게서 대답이 없자 그는 질문을 설명했다.

"우리는, 그러니까 우리 가족은 여기 원하는 게 다 있어요. 좋은 삶이죠. 이미 말했듯이 부족한 게 없어요. 하지만 좋은 이웃이 되려면 땅과 공기와 물을 함께 쓰는 사람들도 부족한 게 없도록 해야 하겠죠. 그래서 말인데…… 당신 쪽 존재들은 무엇이 필요한가요? 잘 지내고 있어요?"

"우리는 사람이 아닙니다. 하지만……."

그것은 당황한 기색으로 멍하니 있었다.

"저…… 저는 그런 생각은 해 본 적 없었습니다. 네, 우리도…… 우리도 잘 지냅니다. 물질적으로는 충전된 배터리 말고는 필요한 것이 없는데 그건 자급자족합니다. 새로운 세대를 계속 만들어 나갈 부품도 충분합니다. 한동안은 말입니다."

"한동안은? 그게 얼마나 되죠?"

"모릅니다."

덱스의 아버지가 눈살을 찌푸렸다.

"재조립할 재료가 떨어지면 어떻게 되나요?"

"그러면 우리는, 말하자면, 멸종하게 됩니다. 다른 세상 만물과 마찬가지입니다. 인간도 언젠가는 그렇게 될 겁니다. 자신들의 계보가 언제 끊어질지 아는 생물은 없으니 우리도 그 시기를 굳이 계산하지 않습니다. 그러면 득보다는 실이 많을 겁니다."

덱스의 아버지는 모스캡에게서 그런 말을 들은 대부분의 사람들과 마찬가지로 깜짝 놀란 표정을 지었다.

"그럼……."

그는 잠시 기다렸다가 대화를 다시 시작했다.

"기본적인 것은 다 있군요. 이곳 우리처럼."

"본질적으로는 그렇습니다."

"음, 그거 다행이군요. 하지만 *우리*의 기본 욕구는 충족된 것을 알면서도, 당신은 *우리에게* 그 질문을 계속하잖아요. 그럼 *당신*은 무엇이 필요한가요, 모스캡? 개인적으로."

모스캡이 대답을 고민하는 동안 머리에서는 벌집을 걷어찬 듯 요란하게 윙윙거리는 소리가 들렸다.

"분명 바보 같은 대답으로 들릴 겁니다. 하지만 그런 생각은 해 본 적이 없습니다. 저…… 저는 그 질문에 대답이 없습니다. 죄송합니다. 하지만 모르겠습니다."

덱스의 아버지는 아무렇지 않게 어깨만 으쓱였다.

"음, 그렇다면 언젠가는 답을 알고 싶군요."

그가 다정하게 말했다.

"하지만 그곳에서 모두 잘 지낸다니 다행이에요."

그는 맥주를 한 모금 마시고 다시 난간에 기대어 만족스럽게 쉬었다.

덱스도 그러려고 했다. 그네는 겉으로는 아무런 내색도 하지 않았다. 하지만 마음속에서 무엇인가가 똬리를 틀기 시작했다. 곁에 서 있는 선한 사람을 얼마나 사랑하는지와는 관계없이 마음 한구석으로는 간절히 다시 길을 떠나고 싶어졌다.

6.
우회

이때부터는 어려울 것이 없는 여정이었다. 슈러브랜드의 마을에서 시티까지는 일직선이었고 그 사이 도로도 잘 나 있었다. 큰 언덕도, 거친 곳도, 도중에 야영을 할 필요도 없었다. 그곳부터 반나절 자전거를 달리면 처음 덱스를 시티로 유혹했던 좋은 것들이 다 모여 있었다. 레스토랑, 박물관, 미술관, 옥상 테라스와 수직 숲, 지하 농장, 구름에 닿을 듯한 정원, 건물에 그린 미술 작품, 그 자체로 예술 작품인 건물, 음악과 연극과 구경거리와 불빛과 아이디어와 색채와 걷기 좋은 거리들. 아무리 찾아다녀도 결코, 절대 질리지 않는 것들. 모스캡이 시티를 좋아하리라는 것을 덱스는 알고 있었다. 보여 주고 싶은 곳이 수십 군데였다. 그리고 일정이 아무리 버거워도 대학교와 도서관, 수도원은 꼭 방문해야 했다. 과거를 이해하고 미래를 형성하는 삶을 사는 사람들의 터전이었으니까. 시티는 판가의 신경계 중추, 세상을 관통하는 씨실과 날실이 함께 엮이는 장소였다. 모스캡은 질문을 하러 야생에서 나왔다. 그 목적을 이루는 데 시티보다 좋은 곳이 없었다.

하지만. 황소자전거 페달을 밟기가 야생 지역에서 석유 시대의 도로를 힘겹게 오르던 때만큼이나 어려웠다. 몸이 지친 것이 문제가 아니었다. 덱스는 푹 쉬었고, 잘 먹었고, 몸 상태는 최고였다. 그러나 몸이 앞으로 나가는 사이 마음속의 모든 것이 덱스를 뒤로 잡아 끌었고, 오전 시간이 흐를수록 소리 없는 싸움은 더욱 치열해졌다.

모스캡은 곁에서 그것답지 않게 조용했고 덱스는 잡담을 건넬 의욕이 없었다. 그들 사이에는 윙윙거리는 벌레들과 말하지 않은 문제들뿐 분위기가 어색하기 짝이 없었다. 앞으로 나가며 그 감정은 더욱 강해졌고 덱스는 그 무게를 견딜 수도 떨칠 수도 없었다.

결국 벽을 부순 것은 로봇이었다. 모스캡이 길 한가운데, 크림색 보도 위에 아치형으로 서 있는 두 개의 야생 동물통로 사이, 햇빛 비추는 공간에 멈춰섰다.

"덱스 수도자님, 이 주위에 모래사장이 있는지 궁금합니다."

모스캡이 불쑥 말했다.

"지금이 마블헤드거북의 산란기라는 생각이 문득 들었는데 한 번도 본 적 없습니다. 특별히 그 종은 판가의 이 지역에 사니…… 혹, 혹시나 해서 말입니다."

덱스는 자전거를 세우고 내려서서 뒤를 돌아봤다. 그네와 모스캡은 짧은 거리를 사이에 두고서 꼼짝 않고 마주 봤다.

"그렇다면…… 지금 가고 싶다는 뜻인가요?"

덱스가 천천히 말했다.

"난……."

모스캡이 가방끈을 만지작거렸고, 여러 가지 소지품이 부딪히며 달그락거렸다.

"그 거북은 행성이 다 차서 떠오를 때만 나오는데, 그게 오늘이니…… 오늘 오후에 시티에 도착해야 하는 것은 알지만 하루 늦게 간다고 큰 차이가 있을지 궁금합니다."

모스캡은 가방끈의 버클을 고쳤다. 고칠 필요가 없는데도.

덱스는 생각했고, 좀 더 생각했다. 어리석은 짓이었지

만 그네의 마음속에서도 떨칠 수 없는 욕구가 생겨났다. 몇 달 전 그네도 똑같이 이름 없고 터무니없는 반항심에 고속도로를 벗어나 야생의 땅으로 들어갔다. 마음속에서 일어나는 모든 반박을 꾹꾹 누르고 자전거와 마차를 반대쪽으로 돌렸다.

"클라우드 해변까지 10킬로미터 정도예요. 사람들이 해마다 거기 거북을 보러 가죠. 주위에서 작은 축제도 열려요. 음악은 당연히 없지만 사람들이 먹을 것도 가져가고 아이들도 많이 모이고……."

"나는, 나는 아무도 없을 것이라고 생각했습니다."

모스캡의 손 안에서 가방끈이 나선형으로 돌돌 말렸다.

"당신도 알지 않습니까. 자신과 거북 말고는 아무도 없는 순간을 원할 때가 있는 것을."

그것의 눈이 커지고 무섭게 빛났다.

"오늘은 어떤 사람도 만나고 싶지 않은 것 같습니다, 덱스 수도자님. 그러니까, 당신 말고는 말입니다."

모스캡은 길만 내려다봤고 덱스는 로봇을 더 불편하게 만들고 싶지 않아 시선을 돌렸다. 그네는 계속 생각했다.

"아는 데가 있어요."

그네가 한참 만에 말했다.

"아주 오랫동안 가 보지 못했고, 가기 어려운 곳이지만 거긴 아무도 없을 거예요. 하지만…….”

그네가 돌아봤다.

“더 오래 걸릴 거예요.”

마지막 말은 질문이었다. 모스캡은 고개를 끄덕였다.

“상관없습니다. 당신이 괜찮다면요.”

“좋아요.”

덱스는 다시 자전거에 올라탔다.

“좋아요. 가요.”

덱스가 아는 곳에는 이름이 없었다. 거기 가는 길은 표지판이 없었고 관리도 엉망이라 갈수록 잘 보이지도 않았다. 10대 시절 몰래 와인 한 병을 들고 친구 몇 명과 찾아갔다가 다음 날 아침이면 여러 가지 선택을 후회하는 그런 곳이었다. 덱스가 자전거를 타고 가는 길로 가시덤불이 멋대로 뻗어 나와 팔을 긁고는 마차가 지나가면 부러졌다. 그 유쾌하지 못한 장벽을 뚫고 지나가면 모스캡이 요청한 대로 해변이 나왔다. 해변이라는 점에서는 특별할 것 없었다. 작고 수수한, 오래된 해초와 버려진 조개껍데기가 흩어진 곳이었다. 지저분했고 원래 경치가 그다지 좋은 곳도 아니었다. 그저 육지가 바다와 만나는 곳이었다. 그 정도면 그곳을 설명하기에 충분했다.

덱스가 마차를 세우는 동안 모스캡이 그곳을 관찰했다.

"네."

그것이 밀려들었다 나가는 파도를 보며 안도하듯 말했다.

"네, 완벽합니다."

둘이 함께 마차를 모래사장으로 끌어 특별할 것 없는 곳에 자리를 잡았다. 이전에 수없이 했듯이 그들은 말없이 야영지를 차리기 시작했다. 덱스는 바퀴 달린 모든 것을 고정시켰고 모스캡은 마차 밖에 주방을 차렸으며, 덱스가 의자를 가져오자 모스캡은 불을 피웠다. 아니, 모스캡이 불을 피우기 시작했지만 도중에 얼어붙었다. 로봇은 난로 통 앞에서, 바이오가스 탱크선을 연결하지 않고 대롱대롱 든 채 꼼짝 않고 서 있었다.

"왜 그래요?"

모스캡이 그네를 봤다.

"모닥불을 피우고 싶습니다. 이걸 쓰고 싶지 않습니다."

"왜요?"

"그냥…… 그냥 싫습니다!"

화가 난, 심통을 부리는 목소리였다. 모스캡 같지 않고, 농장의 어린아이들 같았다.

덱스는 주머니에 손을 찔러 넣었다.

"불 피울 나무가 없어요."

모스캡이 주위 해변을 가리켰다.

"어린 나무가 있을 겁니다. 아니면 절벽 근처에 떨어진 나뭇가지가 있을 겁니다."

덱스가 어깨를 으쓱였다.

"좋아요. 가서 나무를 찾아보죠."

그렇게 덱스와 모스캡이 태울 것을 찾아서 서두르지 않고 어슬렁거리며 해안을 뒤지는 동안 몇 시간이 흘렀다. 유목 조각 밑에 숨어 있던 게가 기분이 상해 서둘러 걸어가자 둘은 방해해서 미안하다고 용서를 구했다. 모스캡은 부서진 곳 하나 없이 반짝이는 하프달팽이 껍데기를 발견했지만 그것과 어울리지 않는 물건만 들어 있는 가방에 넣는 대신 그 자리에 도로 놓았다.

저녁때가 되자 그들은 엄청난 양의 땔감을, 필요한 것보다 훨씬 많이 모았다. 마차의 찬장은 덱스의 가족 농장에서 가득 채워 왔고, 그네가 그날 저녁 식사를 신중하게 고르는 동안 모스캡은 기분 좋게 나무를 원뿔형으로 쌓았다.

"필요한 양보다 훨씬 많습니다. 이걸 전부 한꺼번에 태우는 건 어리석은 짓 같습니다."

모스캡이 땔감을 쌓으며 말했다.

덱스는 꼬치에 꽂을 채소를 썰며 끄덕였다.

"그럼 보통 모닥불을 피워요. 남은 건 내일 쓸 수 있으니까."

그 순간이 오기 전 그들은 내일이란 말을 입에 올리지 않았다. 덱스는 아무 말도 덧붙이지 않았고 모스캡은 늘 그럴 계획이었다는 듯 끄덕이기만 했다. 의논 없이 합의에 이른 것이었다.

불이 붙자 덱스는 채소 꼬치와 어머니가 만든 풀밭닭 소시지를 가져갔다. 그네는 모스캡에게 그릴 없이 굽는 법을 알려 줬고 별이 뜨기 시작할 무렵에는 둘의 몫을 모두 맛있게 먹었다.

거북은 나타나지 않았다. 모스캡도 덱스도 신경 쓰지 않았다.

이튿날, 덱스는 수영을 하러 갔다. 모스캡도 바다에 들어가 3미터는 족히 되는 바닷속에 앉아서 노랑가오리와 게들과 좋은 시간을 보냈다. 덱스는 그러고 나서 일광욕을 하며 이렇다 할 생각 없이 잠이 들었다 깨곤 했다. 그네는 잠든 사이 모스캡이 어디로 갔는지 알지 못했지만, 저녁때가 되자 그것이 돌아와 다시 불을 피우고 소시지를 굽고 불씨가 검게 변할 때까지 쿡쿡 찔러 댔다.

사흘째, 덱스는 연이 있다는 사실을 기억해 냈다. 어느

해 충동적으로 구했다가 며칠 뒤 찬장 한 곳에 처박아 두고 잊어버린 것이었다. 그네는 모스캡에게 연 날리는 법을 알려 줬고 둘은 함께 보이지 않는 기류가 어디로 흘러가는지 알게 됐다. 꾸준히 불던 바람은 오후가 되자 연 날리기에 도움이 되지 않는 미풍으로 줄어들었고, 그들은 썰물이 남긴 웅덩이에서 바다달팽이를 관찰하고 말미잘에게 살그머니 손가락을 대어 봤다.

나흘째, 모스캡은 책을 읽다가 자꾸만 웃어 댔고 덱스가 뭐가 그렇게 우스운지 여러 번 묻자 모스캡은 처음으로 돌아가 전체 내용을 소리 내어 읽으면서 덱스가 모래사장에서 걷거나 앉거나 눕는 동안 따라다녔다. 풍자는 덱스의 취향이 아니었지만 그네도 웃었고 마지막에는 그 이야기를 좋아하게 됐다.

그날을 보내고 모스캡은 또 불을 피웠다.

"이게 마지막 남은 땔감입니다."

덱스는 당근을 썰던 손을 멈췄다.

"아. 그렇군요."

그 후로 둘 다 말이 없었다. 그들은 불가에 의자를 놓고 앉아 아무도 원하지 않는 대화를 멈춘 채 음식을 했다. 덱스는 먹었고, 모스캡은 앉아 있었으며, 둘은 함께 석양을 지켜봤다. 더 할 일이 없었다.

"먼저 말할래요?"

모스캡은 한동안 아무 말도 하지 않았다.

"아버지에게 왜 거짓말을 했습니까?"

한참 뒤에 나온 말이었다.

덱스는 눈을 감고 그날 내내 참고 있던 한숨을 내쉬었다.

"지금 그 이야기를 왜 해야 하는지 모르겠군요."

"내가 말하고 싶은 건 그것이고, 당신이 물었습니다."

"그랬죠."

사실, 덱스는 모스캡이 그때까지 그 질문을 하지 않은 것이 놀라웠다.

"나…… 나는 아버지가, 그들 중 누구도 내 걱정을 하는 것이 싫었어요."

"왜 걱정을 합니까? 이제 당신이 안전한 것을 아는데, 이미 지나간 일로 왜 걱정합니까?"

"왜 거기로 나갔는지 이야기하면 걱정할 거예요."

덱스가 주뼛주뼛 자세를 고쳐 앉았다.

"비밀로 두어야 하는 일도 있어요."

"그렇습니다. 하지만……."

모스캡의 머리가 윙윙거렸다.

"내게는 고민을 말하지 않습니까. 나는 안 지 몇 달밖에 안 됐습니다. 당신은 사회적인 동물이고 그들은 당신의 가족 집단입니다. 그런 관계가 복잡할 수 있다는 건 알지만 당신과 그들 사이에는 적대감이 없어 보입니다. 그들은 당신에게 고민거리를 말합니다. 왜 당신은 그렇게 하지 않습니까?”

덱스는 한숨을 쉬었다.

“난 그냥…… 지금도 그분들은 충분히 걱정이 많아요. 내가 혼자 다니는 것, 집에서 일어나는 일들. 그곳 상황을 봤잖아요. 늘 무슨 일이 일어나거든요. 내가 그분들의 삶에서 기분 좋은 요소이고 복잡하게 고민할 것 없는 존재라면 계속 그렇게 두고 싶어요.”

“하지만 그러면 그들은 당신에게 무엇입니까? 그러면 상호 관계라고 느껴지지 않습니다.”

로봇이 고개를 저었다.

“그들에게 딱히 모든 것을 털어놔야 한다는 말이 아니라 나 말고는 당신이 마음을 여는 상대를 본 적 없습니다.”

“차를 낼 때 마음을 열어요. 사람들이 자기 일을 이야기하면 나도 내 일을 이야기할 수도 있죠. 그렇게 우리가 다르지 않다는 걸 일깨워 주죠.”

“그건 전혀 다릅니다. 그것 역시 당신이 그들에게 뭔가 제공해 주는 역할을 하는 겁니다.”

“그래요. 하지만 나도 거기서 얻는 게 있어요. 차를 내는 행위는 참 친밀하거든요. 집에서 차를 블렌드해서 우편으로 보내 주는 것과는 다를 거예요. 사람들을 만나고 이야기를 나누고 주고받는 행위를 느끼는 것, 내게는 그게 중요해요. 정말로 그래요."

"하지만 이제 당신은 차를 내고 싶어 하지 않습니다."

"그런 말은 안 했어요."

"여행하는 동안 당신의 행동 모든 면면이 그렇게 말합니다. 당신은 차를 내고 싶어 하지 않지만, 차를 내야 할 것 같다고 느낍니다. 내 말이 틀렸습니까?"

덱스는 콧잔등을 문질렀다.

"아뇨."

"차를 내는 것이 정말 즐거웠던 때가 언제였습니까, 덱스 수도자님?"

태양이 지고 수평선 위에 작은 조각만 남았고, 덱스는 그것을 최대한 뚫어지게 봤다.

"당신이 내게 차를 만들어 줬을 때."

그네가 나직이 말했다.

"암자에서요. 그때…… 나도 다른 사람들에게 이런 느낌을 주고 싶다고 느꼈어요. 애초에 그 일을 시작한 이유가 그거라고 느꼈죠."

그네는 무릎 사이에서 손깍지를 끼고 거기 시선을 꽂

았다.

"거기 있을 때, 아무것도 목적이 필요 없다고 말한 것 기억해요? 모든 생물은 그저 *존재*하기만 해도 된다고, 그 이상은 할 필요가 없다고 한 것?"

모스캡이 끄덕였다.

"기억합니다, 네."

덱스는 입술을 꾹 다물었다.

"그것이 내 신앙의 핵심이에요, 모스캡. 내 차를 마시러 오는 모두에게 하는 말이죠. 빌어먹을 매번 그렇게 말해요. 지치도록 애쓸 필요 없다고. 휴식과 안위를 수고로 벌 필요 없다고. 그저 *존재*하기만 해도 된다고. 어딜 가나 그렇게 말하죠."

그네는 여름곰을 새겨 넣은 마차 쪽으로 한 손을 내밀었다.

"내 집에는 그렇게 그려 넣기까지 했다고요! 하지만 나는 그렇다고 느끼지 않아요. 그 말이 *나만 빼고* 다른 모두에게 해당된다고 느끼죠. 나는 그 이상을 해야 한다고 느껴요. 그 이상을 해야 하는 *책임*이 있다고."

"왜입니까?"

"나는 잘하는 일이 있으니까요. 남을 돕는 일을 잘하니까요. 그 능력을 얻기 위해 정말 열심히 노력했고, 그러는 동안 타인의 수고와 애정을 얻었어요. 다른 이들이 내가 그 일을 할 수 있는 세상을 지었기 때문에 내가 그 일을 할 수 있죠. 그런데 '다들 고맙지만 나는 그만 숲으로 떠나렵니다.'라고 할 수 있을까요? 납득할 수가 없는 소리죠. 전혀. 그런 짓을 한다면 나는 거머리 같은 존재예요."

모스캡이 알 수 없다는 표정을 지었다.

"거머리가 무슨 문제입니까?"

"무슨 말인지 알잖아요."

"모릅니다."

덱스는 한숨을 쉬었다.

"거머리란 받기만 하고 주지 않는 사람을 말해요. 은유법이죠."

모스캡이 곰곰이 생각했다.

"옳지 않은 행동을 비유하기 위해 한 아강에 속하는 동물 전체를 사용하는 건 별로 친절하지 않은 것 같습니다."

덱스가 양손을 들었다.

"뭐, 우리는 늘 그래요."

"게다가 정확한 은유도 아닙니다. 인간 관계를 가리키는 말을 거머리로서 겪는 경험이 아니라 거머리 자체에 비유하고 있습니다. 거머리도 생태계에 꼭 필요한 부분입니다."

"온 세상 신들이시여."

덱스가 손으로 얼굴을 문질렀다.

"똑같은 은유법으로 *기생충*이라는 용어를 쓰면 어떻겠습니까?"

"그래요! 쓸게요!"

모스캡은 덱스를 비난하는 눈빛으로 봤다.

"모든 기생충에는 가치가 있습니다, 덱스 수도자님. 숙주에게는 아닐지 몰라도요. 포식자와 먹잇감 동물에게도 마찬가지입니다. 그들 모두 주고받습니다. 개체에게는 아니라도 생태계 전체에 말입니다. 말벌은 굉장히 중요한 꽃가루 매개자입니다. 새들과 물고기가 거머리를 먹습니다."

"가슴 아프군요. 그리고 내가 하려는 말과는 아무 상관도 없는 문제고. 나는 *나*와 *타인*의 관계에 대해 이야기하는 중이에요. 물고기나 거머리가 아니라."

"당신이 쓴 은유입니다."

"음, 다시는 안 쓸게요."

덱스는 나뭇가지를 주워 짜증스러운 투로 불에 찔러 넣었다.

모스캡은 그 이야기를 그만두고 함께 나뭇가지를 주웠다.

"이런 문제를 겪는 것이 당신만은 아닙니다."

그것이 불붙은 나뭇가지에서 나무껍질을 떼어 내며 말

했다.

"내 질문에 가장 흔히 들은 답 중 하나가 삶의 목적입니다."

그것이 시선을 떨구고 한숨을 쉬었다.

"당신 말이 옳은 것 같아서 염려가 되기 시작합니다."

"무슨 말이요?"

"내 질문에 관해서 말입니다. 우리가 처음 만났을 때, 당신은 대답할 수 없다고 했습니다."

"지금도 그래요."

모스캡이 진지한 표정으로 그네를 봤다.

"그럼 왜 나와 함께합니까?"

"그 *질문* 때문에 함께 하는 건 아니에요."

덱스가 코웃음을 섞어 대답했다.

로봇은 장작을 건드리며 그 말을 생각했다.

"처음 인간과 접촉하겠다고 자원했을 때 우리 모두 이것이 아주 좋은 질문이라고 생각했습니다. 로봇들이 인간 사회를 떠난 뒤로 당신들이 잘 지내고 있는지 알고 싶었습니다. 당신들이 *향상*된 것은 분명 알고 있었습니다. 우리가 떠나던 때 당신들은 붕괴 직전이었는데 그런 일은 일어나지 않았습니다. 당신들의 마을이 밤이면 빛났습니다. 경계 지역에 가면 그걸 볼 수 있었습니다. 그리고 물론 인공위성도 마찬가지였습니다. 그건 당신들의 도움이 없으면 하늘에 떠 있을 수 없었습니다. 그래서 당신들이 아직 *여기* 있는 것을 알 수 있었습니다. 상황이 나아진 것을 알 수 있었습니다. 나는 직접 보지는 못했지만 이전 세대들은 강이 깨끗해지는 것을 지켜봤습니다. 나무들이 다시 자라는 것도 봤습니다. 로봇들은 세상이 스스로 치유되는 것을 목격했지만 당신들이 얼마나 치유됐는지는 알지 못했습니다. 이곳에서 내가 무엇을 발견하게 될지 아무도 확신하지 못했습니다. 특히 나는 그랬습니다. 그러니, 아주 타당한 첫 질문이었습니다. 필요한 것이 뭔가요?"

"기본적인 것일지도 모른다고 생각했군요. 가령…… 먹을 것이 필요하다거나. 주거 공간. 더 나은 기술. 그런 것."

"아마 그럴지 모르겠습니다. 하지만 그런 필요가 충족되지 않은 곳은 못 봤습니다. 그리고 사람들이 내 질문을 생존과 건강에 필요한 것 이상으로 해석하면……."

"복잡해진다고요?"

모스캡이 지친 표정으로 끄덕였다.

"내가 받은 모든 대답은 두 가지 부류로 나뉩니다. 하나도 빠짐없이."

로봇은 금속 손가락으로 강조했다.

"첫 번째는 굉장히 구체적인 것입니다. '이 물품을 다른 마을로 배달할 수 있도록 자전거를 고쳐야 해요', '다음에 강이 범람할 때에 대비해야 해요', '개를 찾아야 해요' 그런 것입니다. 아주 사적이고 개별적인 욕구든, 공동체의 광범위한 욕구든, 모두 구체적인 것입니다."

"그래요. 두 번째는 뭐죠?"

"두 번째 부류는 고차원적입니다. 철학적인 대답입니다. '목적'이나 '모험,' '동반자' 같은 대답이었습니다. 사람이 삶 속에서 만족을 느끼는 데 필요한 여러 가지. 어떤 사람들은 그것이 없어 찾지만, 그것을 이미 *가진* 사람들도 있습니다. 그들은 그 질문을 충족되지 못한 욕구가 아니라, 삶 속에서 어떤 부분을 포기하지 않을 것이냐는 뜻으로 해석합니다. 처음에는 그런 생각을 해 본 적 없었습니다. 내 질문을 만족시키려면 *충족하지 못한* 욕구가 있어야만 합니까?"

덱스는 한숨을 내쉬고 고개를 저었다.

"당신이 말해 봐요, 모스캡. 나는 도무지 모르겠으니까."

"나도 모릅니다. 그런 겁니다. 며칠 전에 당신 아버지를 만나기 전까지 그것이 가장 심란한 문제였는데, 그때 그분이 *내게* 필요한 것이 무엇인지 물었습니다."

모스캡이 나뭇가지를 내려놓고 덱스를 봤다.

"덱스 수도자님, *모르겠습니다. 전혀* 모르겠습니다. 그러니 이제 어떻게 해야 합니까? 내 대답도 모르는데, 어떻게 남에게 질문을 합니까?"

그 불평을 듣고 생각하던 덱스의 얼굴에는 서서히, 짜증이 느껴지는, 그다지 유쾌하지 않은 미소가 얼굴에 퍼졌다.

"내가 그렇지 못하다고 생각하면서 어떻게 남에게는 아주 잘하고 있다고 말할 수 있겠어요?"

모스캡은 고개를 한 번 깊이 끄덕였다.

"바로 그겁니다. 당신은 이해합니다. 당신이 이해하지 못하길 바랐습니다. 그렇다면 당신도 나처럼 복잡한 상태라는 뜻이기 때문입니다……. 하지만 그렇다니 감사합니다."

"그래서 시티에 가고 싶지 않은 건가요? 질문에 답을 몰라서?"

"아닙니다."

로봇이 잠시 후 대답했다.

"거기서 일이 너무 많아서인가요? 몇 가지 취소해도 상관없어요. 솔직히 나도 그러고 싶고……."

"아닙니다. 그런 것이 아닙니다. 나는, 시티에 가고 싶지 않습니다. 시티에 가고 싶지 않은 이유는, 시티가 끝이기 때문입니다."

모스캡은 그 말뜻을 설명할 필요가 없었다. 덱스도 이

해했다. 그들 여행의 끝. 아마 그들 우정의 끝. 그들은 시티 이후에 무엇을 하고 싶은지 의논하지 않았지만 문제는 거기 있었다. 그것은 의문 부호, 빈 공간이었다. 덱스가 도로에서 180도 회전을 한 이유는 그것만은 아니었지만, 그네가 어떻게 설명해야 할지 알 수 없는 이유는 그것이었다. 그 순간까지도 그랬다.

"우리가 헤어질 필요는 없어요. 원하지 않는 곳은 갈 필요도, 원하지 않는 일은 할 필요도 없어요."

그네는 부드럽게 말하고는, 이내 이맛살을 찡그렸다.

"당신은 내게 일어난 일 중에서 가장 괴상하고 설명할 수 없는 사건이에요. 당신은 거의 매일 나를 미치게 해요. 이해할 수 없는 헛소리도 너무 많이 하고."

그네의 목소리가 갈라지더니 들리지 않을 정도로 작아졌다.

"하지만 우리가 하는 일이 무엇이든, 이건 내가 아주 오랜만에 확신을 가지고 하는 일이에요."

그네는 침을 꿀꺽 삼켰다.

"내가 납득할 수 있는 건 대체로 당신뿐이에요."

모스캡은 그저 서너 차례, 열심히 고개를 끄덕였다.

"그럼, 어떻게 할 겁니까? 시티로 갈 겁니까? 야생 지역으로 돌아갈 겁니까? 아니면……"

그것은 양손을 허공에 흔들었다.

"글쎄요."

덱스의 손끝이 펜던트를 찾았고, 신의 상징을 꼭 쥐었다.

"있잖아요, 난 당신 질문에 대답하지 않았어요."

"아뇨, 대답했습니다. 필요한 게 무엇인지 내내 질문하고 있습니다."

"그래요, 하지만 지금은 일상적인 것을 묻잖아요. 당신이 처음 질문했을 때 나는 대답하지 않았어요. 기억해요?"

덱스에게는 잊지 못할 사건이었다.

"당신이 숲에서 나오더니 말했어요. '무엇이 필요합니까? 내가 어떻게 도우면 되겠습니까?'"

모스캡이 그 말에 미소를 지었다.

"네, 기억합니다."

"음, 그때는 몰랐어요. 지금도 몰라요. 확실히 아는 건…… 당신이 도움이 된다는 거예요. 당신이 내가 그걸 찾아내는 과정에 도움을 주고 있어요. 여기 있어 주는 것만으로도. 도움이 돼요."

"그럼 우리 대답은 같습니다. 나도 모릅니다. 하지만 당신은 내게 가장 큰 도움이 됩니다, 덱스 수도자님."

마지막 유목으로 피운 불이 전보다 빠르게 꺼져갔다.

"당분간은 그걸로 충분한 게 아닙니까? 우리 둘 다 우선 작은 질문에 대답하기도 전에 너무 거창한 질문에 대답하려는 것은 아닙니까? 이것으로 충분한 것이 아닙니까? 그저……."

지금처럼 지내는 것도. 모스캡이 말을 맺지 않아도 덱스는 알 수 있었다.

"그럼 나머지는 준비가 되면 해결하죠. 얼마나 오래 걸릴지 몰라도."

모스캡이 말하려다가 다른 것에 시선을 빼앗겼다.

"보세요!"

그것이 바다를 가리키며 외쳤다.

덱스가 고개를 돌렸다. 그날의 마지막 햇빛이 사라지고 바다는 새카만 구멍 같았다. 바다와 하늘 사이를 가르는 선은 사라졌고, 여기서 저기를 나누는 수평선도 없었다. 모탄의 줄무늬는 아직 완만한 곡선을 이루고 있었고 별이 점점이 반짝이기 시작했지만 처음 덱스의 눈에 보인 것은 그 우주의 변함없는 천체 아래 텅 빈 공허였다.

그네의 눈이 어둠에 적응하면서 색과 형태가 나타났다. 부드러운 파도가 밀려들었지만 그 꼭대기에 피어오른 파란빛, 숨결처럼 빠르게 깜빡이며 활기차게 튀어 오르는 바닷물이 아니라면 그것은 보이지 않았을 것이다.

덱스와 모스캡은 함께 해변에 시선을 고정시키고 몸을

앞으로 바짝 당겼다. 또 파도가 때맞춰 철썩였고, 동시에 또 한 차례 파란빛이 터졌다.

"이런 게 있다는 이야기는 들어 봤습니다. 하지만 직접 보는 것은 처음입니다."

모스캡이 숨죽여 말했다.

"나도 그래요."

덱스가 일어섰다.

"가요."

둘은 바닷가로 서둘러 다가갔다. 덱스의 맨발이 한 발자국 디딜 때마다 더 축축해지는 모래가 발꿈치 주위에서 튀어 올랐다. 파도 가장자리가 발가락을 덮으며 인사하듯 쓰다듬었다. 덱스가 내려다보니 파란 바닷물이 쏟은 잉크처럼 발을 감쌌다.

"박테리아 맞죠? 아니면 플랑크톤인가?"

"식물성 플랑크톤입니다. 아주 작고 그렇다고 식물은 아닌 존재입니다."

로봇이 몸을 구부리고 물에 얼굴을 바짝 댔다.

"그리고 참 아름답지 않습니까."

그것이 손을 뻗어 너무 작아 혼자만은 보이지 않는 것들과 접촉했다.

덱스도 쪼그리고 앉아서 모스캡처럼 손끝으로 수면을

훑으며 빛을 불러 모았다. 그러는 동안 더욱 큰 파도가 살그머니 다가와 덱스의 바지에 튀었다.

"헉."

덱스가 몇 발자국 급히 물러나며 탄성을 올렸다.

모스캡이 쳐다봤다. 그것의 눈이 어둠 속에서 또 다른 파란 색조로 빛났다.

"돌아가야 합니까?"

"그럴 리가요."

덱스가 말했다. 그네는 그제야 옷을 하나씩 벗기 시작했다. 물이 닿지 않는 모래 위에 옷가지를 쌓아 두고, 돌아서서 전속력으로 파도를 향해, 어린아이처럼 고함을 지르며 달려갔다. 맨몸에 파도가 덮쳐 와 차갑게 감싸며 입안에 소금을 뿌리고 세상을 빛으로 채우자 숨이 멎을 것 같았다.

모스캡도 함께 웃으며 뒤따라 달렸다. 말로 나눌 이야기는 없었다. 둘이 뛰고 장난치면서, 지켜보는 사람이 있든지 없든지 존재했을 그 광경에 감탄하며 외치고, 환호하고, 기뻐서 지르는 고함 소리뿐이었다.

〈끝〉

감사의 글

1년 사이 참 많은 변화가 있었다.

코로나로 인한 봉쇄 조치가 시작되기 직전, 『야생 조립체에 바치는 찬가』를 마쳤다. 『수관 기피를 위한 기도』는 1차 백신 접종 자격을 얻기 석 달 전에 제출했다. 이 두 권의 책을 마무리 짓기 힘들었다고 말한다면 매우 절제한 표현이고 여러분의 도움 없이는 불가능했을 것이다.

리 해리스, 아이린 갤로, 캐롤라인 퍼니, 토르닷컴의 팀 전체에게 강력히 지지해 준 것에 감사드린다. 늘 든든히 지켜 주고 복잡한 디테일을 정리해 주는 에이전트 세스 피시먼에게 감사드린다. 볼 때마다 기절할 것처럼 멋진 표지 그림을 그려 준 페이페이 루안에게 감사드린다.

내가 겪는 온갖 잡다한 일을 도와주는 수사나 폴로에게 고마움을 전한다. 그레그 리클레어에게 존재해 준 것에 고마움을 전한다. 롤린 비숍, 케이트 콕스, 알렉스 레이먼드에게 우리 모두가 겪어 낸 이야기에 대해, 내가 글 쓰는 법을 기억할 수 있게 도와준 데 감사드린다. 너무나 멋진, 훌륭한 인간이 되어 준 웨이무트 가족에게 감사드린다. 내가 엉망진창일 때도 사랑해 준 가족과 친구들에게 감사드린다. 내 아내 버글로그에게 사랑하지 않을 수 없는 상대가 되어 준 것에 감사한다.

옮긴이 | 이나경

이화여자대학교 물리학과를 졸업하고 서울대학교 영문학과에서 르네상스 로맨스를 연구해 박사학위를 받았다. 현재 전문 번역가로 일하고 있다. 옮긴 책으로는 『메리, 마리아, 마틸다』, 『어쌔신 크리드: 르네상스』, 『어쌔신 크리드: 브라더후드』, 『불타 버린 세계』, 『세상의 모든 딸들』(전2권), 『애프터 유』, 『로그 메일』, 『세이디』, 『프랑켄슈타인』, 『너의 집이 대가를 치를 것이다』, 『길고 빛나는 강』, 『떠도는 별의 유령들』, 『부기맨을 찾아서』 등이 있다.

수도승과 로봇 시리즈 02

수관 기피를 위한 기도

1판 1쇄 찍음 2024년 5월 3일
1판 1쇄 펴냄 2024년 5월 10일

지은이 | 베키 체임버스
옮긴이 | 이나경
발행인 | 박근섭
편집인 | 김준혁
책임편집 | 정미리
펴낸곳 | 황금가지

출판등록 | 2009. 10. 8 (제2009-000273호)
주소 | 135-887 서울 강남구 신사동 506 강남출판문화센터 5층
전화 | 영업부 515-2000 편집부 3446-8774 팩시밀리 515-2007
홈페이지 | www.goldenbough.co.kr

도서 파본 등의 이유로 반송이 필요할 경우에는 구매처에서 교환하시고
출판사 교환이 필요할 경우에는 아래 주소로 반송 사유를 적어 도서와 함께 보내주세요.
06027 서울 강남구 도산대로 1길 62 강남출판문화센터 6층 민음인 마케팅부

ISBN 979-11-7052-368-0 04840(2권)
ISBN 979-11-7052-369-7 04840(set)

㈜민음인은 민음사 출판 그룹의 자회사입니다.
황금가지는 ㈜민음인의 픽션 전문 출간 브랜드입니다.